HARTMUT RONG

Unnützes Wissen HAMBURG

711 ERSTAUNLICHE FAKTEN

emons:

Bibliografische Information der Deutschen Nationalbibliothek

Die Deutsche Nationalbibliothek verzeichnet diese Publikation in der Deutschen Nationalbibliografie; detaillierte bibliografische Daten sind im Internet über http://dnb.d-nb.de abrufbar.

Lektorat und Bildredaktion: Babette Schröder, Hamburg

Fotos: Ole Gercke

Konzept, Satz und Gestaltung: Weusthoff Noël, Kommunikation.Design, Hamburg, www.wnkd.de

Umschlaggestaltung: Weusthoff Noël, Kommunikation.Design, Hamburg

Druck und Bindung: Grafisches Centrum Cuno, Calbe

ISBN 978-3-95451-520-2

»STAUNEN IST EINE SEHNSUCHT NACH WISSEN. UNNÜTZES WISSEN LÄSST SIE STAUNEN!«

Moin Moin. Als Thomas von Aquin den Satz »Das Staunen ist eine Sehnsucht nach Wissen« prägte, kannte er dieses Buch über Hamburg noch nicht. Er wäre hellauf begeistert gewesen! Denn was man hier so alles über die Hansestadt erfährt, lässt einen nicht nur staunen, sondern bringt dazu noch großen Spaß und stillt den Wissensdurst.

Es gibt schon viele Schriften, Reiseführer und Bildbände über die Stadt, über ihre Vergangenheit, über Persönlichkeiten, über besondere Ecken, Sehenswürdigkeiten und Geschichten.

Dieses Buch hat gerade noch gefehlt – **EINE LIEBES-ERKLÄRUNG AN DIE SCHÖNSTE STADT DER WELT MIT INSIDERWISSEN** und kurzweiligen Fakten. Unnützes Wissen, das sowohl Einheimische als auch Besucher immer wieder aufs Neue erfreut und überrascht.

Hier findet der Leser nichts als Tatsachen: Kreatives und Spannendes, besondere Ereignisse und kleine Rekorde – unnütze Infos über Hamburger sowie **FASZINIERENDE BLICKE HINTER DIE KULISSEN** der Stadt.

Manches ist aber auch durchaus nützlich. Mit der Info **»IN HAMBURG GIBT ES EINEN EROTIKSHOP NUR FÜR FRAUEN. UNTER ANDEREM KANN MAN DORT AUCH SCHEIDUNGSSEKT KAUFEN«** ist es beispielsweise möglich, guten Freunden oder Paaren den einen oder anderen entscheidenden Tipp zu geben.

Hamburg hat so viel zu bieten – und jede einzelne Aufzählung hier im Buch gehört unbedingt mit dazu. Jede Info ist wie ein kleines Puzzleteil, das Stück für Stück das Gesamtbild ergänzt. Beim Schmökern wird man ganz automatisch zum Hamburg-Kenner. Auch mit folgender Info:

»FAST 500 SPEISE- UND GETRÄNKEKARTEN HATTE DIE DAVIDWACHE IN DEN 70ER-JAHREN VON ALLEN CLUBS ST. PAULIS GESAMMELT – HIER KONNTE MAN GEPRELLTE KUNDEN ÜBER DIE WAHREN PREISE AUFKLÄREN UND ENTSPRECHEND EINSCHREITEN.«

Werden Sie zum Mitwisser, zum Schlauberger, zum Angeber, zum Schmackhaftmacher dieser umtriebigen und weltoffenen Metropole.

Dieses Buch umfasst **711 SKURRILE, SPANNENDE UND VERBLÜFFENDE FAKTEN ÜBER HAMBURG**, an denen jeder seinen Spaß haben kann. Ob alteingesessener Hamburger, zugezogener Quiddje oder Tourist auf Durchreise. Ein abwechslungsreiches Sammelsurium mit vielen interessanten, kurzen und knackigen Infos – eine Lektüre, die man gar nicht mehr aus der Hand legen möchte.

In diesem Sinne: Viel Spaß beim Lesen, Lachen und Staunen. Dann man tau!

001 // DER FILM »DER HAUPTMANN VON KÖPENICK« MIT HEINZ RÜHMANN IN DER TITELROLLE WURDE KOMPLETT IN HAMBURG GEDREHT. ER SPIELT ABER OFFIZIELL IN BERLIN.

---

002 // Hamburg besteht aus 92 Prozent Landfläche und aus acht Prozent ***Wasserfläche***.

003 // Auf dem Ohlsdorfer Friedhof, im ***»Garten der Frauen«***, liegt eine Dame des leichten Gewerbes begraben – auf ihrem Grabstein steht: »Bienchen liegt hier stumm und allein, und keiner pikt mehr in sie hinein«.

004 // Die ***Michel-Uhr*** im Kirchturm der evangelischen Kirche Sankt Michaelis, der bedeutendsten Barockkirche Norddeutschlands, ist mit einem Durchmesser von acht Metern die größte ihrer Art in Deutschland.

005 // Auf dem ***Gänsemarkt*** gab es weder jemals einen Markt noch Gänse. Der Name geht auf Ambrosius Gosen (Niederdeutsch für Gans) zurück, dem einst das ganze Areal gehörte.

006 // Nirgendwo in Deutschland gibt es mehr organisierte ***Skiläufer*** als in Hamburg.

007 // ***Schnapszahl***. Am 12.12.2012 gaben sich in der Hansestadt 77 Paare das Jawort.

008 // Für 150 D-Mark pro Woche traten die ***Beatles*** 1960 in dem kleinen unbekannten Indra Club auf – heute bekannt unter »Große Freiheit 36«.

009 // DAS MODELLBOOTBECKEN IM STADTPARK FASST BEI EINEM DURCHMESSER VON 40 METERN INSGESAMT 625 KUBIKMETER – DAS SIND 625.000 1-LITER-FLASCHEN WASSER ODER 104.166 KÄSTEN BIER.

---

010 // Noch im 19. Jahrhundert konnte man in Hamburg so viele ***Heringe*** fischen, dass man sie sogar ***als Dünger*** verwendete.

011 // ***Fahrradhäuschen***, die auf öffentlichem Grund stehen, müssen mit jährlich 40 Euro versichert werden.

012 // Beim ***Hamburg-Marathon*** gab es 2013 mit zwei Stunden, fünf Minuten und dreißig Sekunden einen neuen Streckenrekord.

013 // DER GRÜNE DREIMASTER »RICKMER RICKMERS« GILT ALS DAS SCHWIMMENDE WAHRZEICHEN HAMBURGS. DAS JETZIGE MUSEUMSSCHIFF LIEF BEREITS 1896 VOM STAPEL UND VERFÜGT ÜBER DREI ANTRIEBSARTEN: WIND, DIESEL UND DAMPF.

RICKMER RICKMERS

014 // ***Heinz Erhardt*** war zehn Jahre lang Verkäufer von Klavieren und Blockflöten.

015 // 2013 wurden 20.428 neue ***Führerscheine*** ausgestellt. Und 835 eingezogen.

016 // Der ***zehnte Längengrad*** (Meridian) verläuft quer über der Kennedybrücke.

017 // Die ***Hamburger Weißwurst*** der Oberhafen-Kantine unterscheidet sich von der bekannten bayerischen vor allem dadurch, dass sie neben Kalbfleisch und Speck durch Meeresgetier (heute Heringe) veredelt wird. Diese Luxusvariante wurde um 1813 vom Leibkoch des französischen Marschalls Davout entwickelt.

018 // Von der ***Alsterquelle bis*** zur ***Mündung*** in die Elbe gibt es 71 Brücken.

019 // Laut Astro-Geomant Georg Stockhorst liegt die Kaufmannsstadt ***Hamburg*** im Sternzeichen der ***Jungfrau***.

020 // BIS HEUTE GILT DIE LEGENDE, DASS DER STATUS ALS FREIE UND HANSESTADT NUR SO LANGE HÄLT, WIE ES SCHWÄNE AUF DER ALSTER GIBT.

---

021 // Die ***älteste Behördenplanstelle*** der Stadt ist die des »Schwanenvaters«. Seit 1674 ist dieser verantwortlich für das Einfangen der Alsterschwäne – damit diese unbeschadet den Winter überstehen, werden sie zum eisfrei gehaltenen Eppendorfer Mühlenteich gebracht.

022 // Das Eishockey-Team ***»Hamburg Freezers«*** wurde von ihrem Besitzer aus der bayerischen Landeshauptstadt, wo sie als »München Barons« spielten, direkt in die Hansestadt transferiert.

023 // Hamburg hat ***111 öffentliche Toiletten***.

024 // In Hamburg-Nord wurden im letzten Jahr unter anderem die folgenden ungewöhnlichen Vornamen zugelassen: Camino Santiago ***Freigeist*** sowie ***Sexmus*** Ronny und ***Don Armani*** Karl-Heinz.

025 // 2013 verbrachten Gäste ***11,6 Millionen Nächte*** in der Stadt.

026 // Der HVV war ***der erste Verkehrsverbund*** auf dem gesamten Globus.

027 // ***Der weltweit längste Niederflur-Bus*** fährt zwischen Burgwedel und Hauptbahnhof - die Linie 5 ist 25 Meter lang, passiert 30 Haltestellen und 50 Ampeln. Sie befördert täglich 60.000 Passagiere - so viel wie sonst kein Bus in ganz Europa.

028 // Auf der Altarplatte in der Krypta unter St. Michaelis ist ein ***Kreuz aus Steinen*** eingelegt, die Teile stammen aus bedeutenden Orten der Christenheit: Jerusalem, Konstantinopel, Rom und Wittenberg.

029 // Die Aufklärungsquote von ***Taschendiebstähle***n in Hamburg liegt bei 3,4 Prozent.

030 // Von den nach Personen benannten ***Straßenschilder***n sind nur 13 Prozent ***nach Frauen*** benannt.

031 // DIE BRONZESTATUE VON HEIDI KABEL AM EINGANG DES OHNSORG-THEATERS WIEGT 90 KILOGRAMM.

---

032 // Die erste Berufsgenossenschaft der Welt war die ***Hamburger Sklavenkasse***. Sie wurde 1624 gegründet, um von Piraten verschleppte Seeleute freizukaufen. Der Besatzung wurde dafür ein entsprechender Betrag von der Heuer abgezogen.

033 // ***Mike Krüger*** hat am Neuen ***Elbtunnel*** mitgebaut. Er arbeitete während seiner Ausbildung zum Betonbauer an einem kleinen, vier mal vier Meter großen Teilstück.

034 // Der Jungfernstieg war 1838 die ***erste asphaltierte*** Straße in Deutschland.

035 // ***Angela Merkel*** ist eine echte Hamburger Deern. Sie wurde am 17.07.1954 als Angela Dorothea Kasner in Barmbek-Nord geboren. Die Familie siedelte einige Wochen später in die DDR über, wo der Vater eine neue Pastorenstelle antrat.

036 // Am Hamburger ***Hauptbahnhof*** kommen 31 Prozent der Fernzüge und 15 Prozent der Regionalzüge mit ***Verspätung*** an.

037 // Die Alsterfontäne benötigt von Frühjahr bis Herbst ***380.000 Kilowattstunden Strom*** – das entspricht dem Jahresverbrauch von 150 Haushalten.

038 // MIT EINEM UMFANG VON KNAPP 20 METERN UND 217 TONNEN GEWICHT LIEGT DER GRANITSTEIN »ALTER SCHWEDE« ALS ÄLTESTER FINDLING DEUTSCHLANDS MITTEN AM ELBSTRAND BEI OEVELGÖNNE.

039 // Hamburger verbringen bei einem täglichen Arbeitsweg von einer halben Stunde mit dem Auto pro Jahr ***78 Stunden*** im ***Stau***.

040 // 2013 gab es in Hamburg 54 von Reisenden importierte ***Malariafälle***.

041 // Das ***Lessingdenkmal*** wäre 1940 fast eingeschmolzen worden, um daraus Granaten für den Zweiten Weltkrieg zu fertigen.

042 // DAS LANGNESE-EIS HEISST IN ÖSTERREICH »ESKIMO«, IN CANADA »GOOD HUMOR«, IN MEXIKO »HOLANDA«, IN SÜDAFRIKA »OLA«, IN AUSTRALIEN »STREETS« UND IN ISRAEL »STRAUSS«.

043 // Die legendäre Kiez-Kneipe ***»Zur Ritze«*** hieß früher »Spalte«.

044 // Der höchstgelegene ***Pausenhof*** befindet sich auf dem Dach der Katharinenschule in der HafenCity.

045 // Die ***Davidwache*** ist mit nur etwas mehr als 0,9 Quadratkilometern für das kleinste Revier Europas zuständig.

046 // Schätzungen zufolge leben über ***vier Millionen Ratten*** in den Hamburger Sielen.

047 // ***James Bond*** öffnet in »Der Morgen stirbt nie« in Carvers Zentrale in Hamburg mit seinem Handy die Dachluke und steckt es danach in die linke Innentasche seines Sakkos. Als er kurz darauf die Sicherheitstür öffnen möchte, holt er es jedoch aus der rechten.

048 // Kein einziger ***Spieler des FC St. Pauli*** wohnt im Stadtteil St. Pauli.

049 // Aus den beiden Anfangsbuchstaben des Nachnamens und den beiden Endbuchstaben des Vornamens der damaligen Sekretärin El***sa Te***smer entstand der Markenname ***Tesa***.

050 // IN HAMBURG GIBT ES 90 PARKHÄUSER.

051 // Fahrgäste von Zügen, Bussen und Bahnen, die geöffnete ***Alkohol***ika mit sich führen, droht ein ***Bußgeld*** von 40 Euro.

052 // Bei den ***»Dittsche«***-Dreharbeiten in der Eppendorfer Grillstation filmen insgesamt sechs fest installierte Kameras das Geschehen im Inneren. Über 40 Prominente traten bislang dort auf.

053 // Der Maschinenraum des gläsernen ***Panoramalift***s der ***Nikolaikirche*** liegt in 33 Metern Höhe. Die Fahrzeit zur Aussichtsplattform auf 76 Metern beträgt 40 Sekunden. Der Fahrstuhl bewegt sich mit einer Geschwindigkeit von 6,84 Kilometern pro Stunde, also ungefähr so schnell wie eine Stubenfliege.

054 // In Hamburg kommt auf circa 800 ***Einwohner*** ein(e) ***Prostituierte***(r).

055 // ***Helga Feddersen*** ist auf dem Steigfriedhof in Stuttgart, Stadtteil Bad Cannstatt, begraben.

056 // IN DER HANSESTADT GIBT ES 21 FEST INSTALLIERTE BLITZER.

---

057 // Zimt gibt es in vielen Qualitätsstufen. Der aus Asien importierte Gewürz-Zimt wird auch als ***»Qualität Hamburg«*** bezeichnet.

058 // Der kreisrunde ***Beatles-Platz*** in St. Pauli hat einen schwarzen Bodenbelag, der an eine Vinyl-Schallplatte erinnern soll.

059 // Im Zweiten Weltkrieg erhielt das Dach des ***Hauptbahnhof***es eine ***Tarnabdeckung*** gegen Fliegerangriffe in Form einer bemalten Holzkonstruktion.

060 // 2008 machte das weltweit erste im Linienverkehr eingesetzte brennstoffzellenbetriebene ***Fahrgastschiff »Alsterwasser«*** die Leinen los.

061 // Die städtische ***Kanalisation*** hat eine Gesamtlänge von 5.900 Kilometern.

062 // Zwischen 1444 und 1581 wurden in Hamburg 40 Frauen wegen ***»Zauberei« und »Hexerei«*** auf dem Scheiterhaufen verbrannt.

063 // IM STADTPARK STEHT DIE ZENTAURE NEREIDE, EINE MEERESNYMPHE MIT EINEM PFERDEKÖRPER ALS UNTERLEIB. NEREIDEN ENTSTAMMEN DER GRIECHISCHEN MYTHOLOGIE, STEHEN SCHIFFBRÜCHIGEN BEI UND UNTERHALTEN SEELEUTE MIT SPIELEN.

064 // DER FRIEDHOF OHLSDORF IST DER GRÖSSTE PARKFRIEDHOF DER WELT MIT EINER FLÄCHE VON FAST 400 HEKTAR UND ÜBER 80 KILOMETERN WEGSTRECKE. MEHR ALS 1,4 MILLIONEN MENSCHEN WURDEN HIER BEREITS BEIGESETZT.

065 // Der ***Friedhof*** Ohlsdorf hat eine eigene ***Postleitzahl***: 22337.

066 // Als technische Sensation galt seinerzeit der 1911 eröffnete ***Alte Elbtunnel***. Beim Bau unter Überdruck kamen drei Arbeiter durch ***Taucherkrankheit*** ums Leben.

067 // Hamburg hat nur eine ***Hubschrauber-Pilotin***.

068 // Im ***Israelitischen Krankenhaus*** arbeitet nicht nur jüdisches Fachpersonal, sondern Ärzte und Pflegekräfte aller Glaubensrichtungen. Behandelt werden Nichtjuden gleichermaßen wie Juden.

069 // Der Hamburger Telegrafenbeamte ***F. Clemens Gerke*** perfektionierte 1851 das ***Morsealphabet*** – der verbesserte Code ist heute weltweit Standard.

070 // Die Piraten nannten sich einst ***»Likedeelers«***, das bedeutet »zu gleichen Teilen teilen«.

071 // Die einzige Stadt der Welt mit einer ***Straßenbahnpost***: Zwischen 1922 und 1943 hingen an den Hamburger Straßenbahnen Briefkästen.

072 // ***Kimme und Korn***. In Hamburg gibt es 58 ehrenamtliche ***Stadtjäger***. Sie kümmern sich zum Beispiel um Marder, Kaninchen, Rabenkrähen, Wildschweine und Füchse.

073 // DER »HYGIEIA-BRUNNEN« IM INNENHOF DES RATHAUSES WURDE NACH DER GROSSEN CHOLERAEPIDEMIE VON 1892 IM JAHR 1896 ERBAUT. HYGIEIA IST DIE GRIECHISCHE GÖTTIN DER GESUNDHEIT BEZIEHUNGSWEISE DER REINHEIT UND HYGIENE.

074 // Bis 1918 war ***Boxen*** im Deutschen Reich gesetzlich verboten und nur ***in den Hansestädten*** erlaubt. So gründete sich 1912 in Hamburg der Deutsche Boxverband.

075 // In der Hansestadt leben ***die schlanksten Menschen*** Deutschlands.

076 // In ***Hamburg*** fällt im Jahresschnitt weniger ***Regen*** als in München.

077 // DER WOHL KREATIVSTE STRASSENNAME HAMBURGS HEISST »SCHULTERBLATT«. HIER GAB ES EINST EIN WIRTSHAUS, DAS ALS AUSHÄNGESCHILD DAS SCHULTERBLATT EINES WALS HATTE.

078 // Auf dem Gemälde »Lindenterrasse« hat ***Max Liebermann*** beim Tisch vorne rechts und dem davor stehenden Stuhl aus optischen Gründen etwas ***geschummelt***. Teile davon sind bewusst nicht gemalt - unter anderem fehlt dem Stuhl ein Bein.

079 // Die ***Elbphilharmonie*** erhält eine circa 80 Meter lange gebogene Rolltreppe - das ist weltweit einzigartig.

080 // Das im Sommer gemähte Gras vom Flughafengelände rund um die Start- und Landebahnen wird direkt und täglich frisch zu ***Bison, Lama und Co*** im Tierpark Hagenbeck gebracht.

081 // Januar und Februar ***2013*** waren die ***dunkelsten*** Monate seit 62 Jahren mit nur 55 Sonnenstunden. Normal ist das Doppelte.

082 // Die Gesamtfläche Hamburgs beträgt 755,3 Quadratkilometer. Das entspricht ***95.000 Fußballfeldern***.

083 // Im 11. Jahrhundert suchten Handwerker, Händler und Gaukler bei »Schietwetter« Schutz vor Wind und Sturm im Hamburger Marien-Dom. Nach dem Abriss wurde den Händlern und Schaustellern das ***Heiligengeistfeld*** zugewiesen. Daher der heutige Name ***»Dom«.***

084 // Hamburg hat 43.000 ***Hotelbetten***.

085 // Auf die Ohren! In der ***Asklepios Klinik*** in Altona gibt es einen großen Automaten, aus dem man sich gegen Entgelt ***Kopfhörer*** ziehen kann.

086 // 1957 wurden die ersten beiden Hamburger ***Tretboote*** »Bella« und »Bimba« bei Bodos Bootssteg zu Wasser gelassen.

087 // Bei der ***Tatort***-Titelmelodie spielte ***Udo Lindenberg*** das Schlagzeug.

088 // Hamburg heißt auf Finnisch ***Hampuri***.

089 // ***Papst Benedikt V.*** starb 965 in Hamburg. Er prophezeite, dass die Stadt, solange seine ***Gebeine*** hier ruhten, zerstört und verwüstet würde. Otto III. ließ die Gebeine einige Zeit nach seinem Tod nach Rom überführen.

090 // Im Internationalen Maritimen Museum steht beziehungsweise liegt ein ***Lego-Modell*** der ***»Queen Mary 2«***, das aus 780.000 Legosteinen besteht.

091 // 1892 wurde in Hamburg die ***Feuerbestattung*** eingeführt.

KAFFEE
Coffee Plaza

092 // IN DER HAFENCITY STEHT AUF DER COFFEE-PLAZA DIE GRÖSSTE KAFFEEBOHNE DER WELT. SIE IST FÜNF METER HOCH UND WIEGT DREI TONNEN.

093 // DAS PLANETARIUM IST TECHNISCH DAS MODERNSTE SEINER ART – WELTWEIT.

094 // Im Gasthof Schinkenkrug an der Horner Landstraße gab es um 1850 eine ***Blutegelbörse***. Die Bergedorfer »Ihlenfänger« sammelten mehr als 40 Millionen Blutsauger pro Jahr, die man dann nach Australien, Indien und Nordamerika exportierte.

095 // Im Hamburger Polizeishop kann man den ***Polizeibär*** »Peter Bünabär« mit Original-Uniform kaufen. Bü-na bedeutet »bürger-nah«.

096 // Der ***große Zeiger*** der Uhr auf dem Michel-Kirchturm ist 491 Zentimeter lang, der kleine hat eine Länge von 360 Zentimetern.

097 // Die berühmte ***»Kieztanke«*** (Esso-Tankstelle an der Reeperbahn) hatte an 365 Tagen im Jahr durchgehend geöffnet und beschäftigte 50 Mitarbeiter.

098 // ***Das größte Bismarck-Denkmal*** der Welt steht auf der Elbhöhe an der Helgoländer Allee – es wurde mit 625 Tonnen Granit aus dem Schwarzwald erschaffen.

099 // U-BAHNHOF MESSEHALLEN: DIE ROLLTREPPEN SIND MIT EINER FÖRDERHÖHE VON 22 METERN DIE LÄNGSTEN DEUTSCHLANDS. IM TIEFSTEN U-BAHNHOF IN GERMANY.

100 // Weltweit gibt es ***27 Orte***, die den Namen ***Hamburg*** tragen.

101 // Alle öffentlichen Gebäude beziehen ***Ökostrom***.

102 // 1855 befand sich am Steintorwall der erste deutsche »Waschsalon«. Das Center verfügte über 56 Wäschezuber sowie 65 Badewannen. Der Name war irgendwie passend: ***»Wasch- und Badeanstalt Schweinemarkt«***.

103 // Für jeden Hamburger werden pro Jahr ***75 Kilogramm Plastik***verpackungen hergestellt.

104 // ***360.000 Aale*** nebeneinander oder 21.000 Quadratmeter - so groß ist die Fläche des Fischmarktes.

105 // EINE FACEBOOK-GRUPPE ERKLÄRTE DIE SCHWANENWIKBRÜCKE OFFIZIELL ZUR »LIEBESSCHLOSSBRÜCKE«, DOCH DIE ANGEBRACHTEN SCHLÖSSER WERDEN IMMER WIEDER VON DER STADT ENTFERNT.

106 // 22 Prozent der ***Führungskräfte*** der in Hamburg ansässigen Unternehmen sind ***weiblich***.

107 // ***GMBH*** hieß eines der ersten ***Zuhälterkartelle*** auf der Reeperbahn - der Name entstand aus den Vornamen der vier Chefs und »Manager« - Gerd, Mischa, Beatle und Harry.

108 // Im 15. Jahrhundert mussten alle ***Prostituierte***n in der Stadt ein ***gelbes Kopftuch*** tragen.

109 // Im ***Kostümverleih*** in Tonndorf gibt es fast alles – bei über 50.000 Outfits. Der Name des Besitzers lautet: ***Habenicht***.

110 // 2013 waren in Hamburg ***598.997 Domains*** registriert.

111 // An der Nordwestküste von Spitzbergen gibt es eine ***Hamburger Bucht***. Bereits 1675 gingen dort regelmäßig bis zu 75 hanseatische Schiffe auf Walross- und Walfang.

112 // Pro ***Eintrittskarte*** wird ein Staatsopernbesuch mit 111 Euro ***subventioniert***, für die Kunsthalle schießt die Stadt 23 Euro pro Person zu. Für jeden Schwimmbadbesucher gibt es eine Unterstützung von 4,35 Euro.

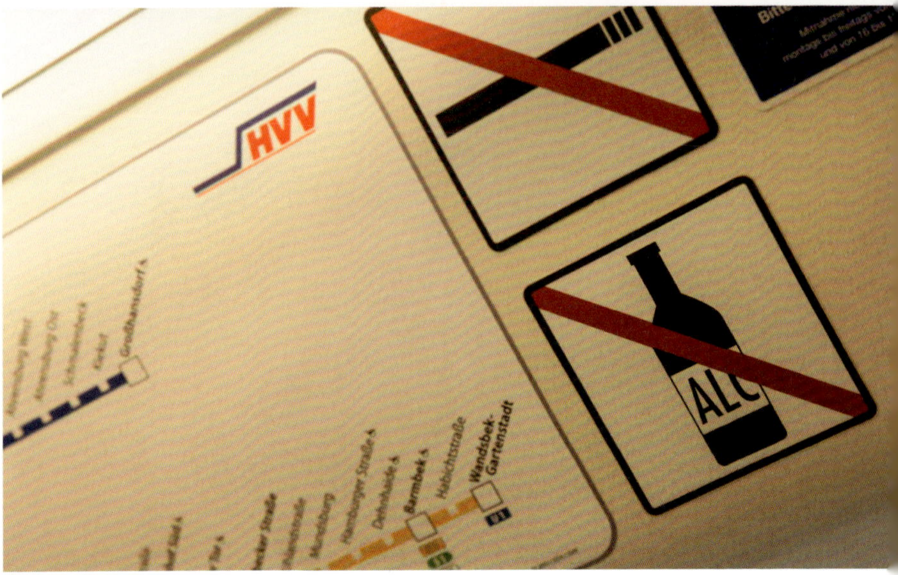

113 // AUF DEN BAHNHÖFEN HÄNGEN SCHILDER MIT DEM WORT »ALKOHOLVERBOT« UND EINEM ZEICHEN MIT DER ABKÜRZUNG »ALC« STATT RICHTIGERWEISE »ALK«.

114 // Am 15.02.1912 nahm die ***Hamburger Hochbahn*** ihren Betrieb auf. Ab ***1916*** wurden überwiegend ***Frauen*** beschäftigt, da die Mehrheit der männlichen Angestellten an die Front eingezogen wurde.

115 // Eduard Cohen hieß der ***Zigarrenmacher***, von dessen Werkstatt in der Deichstraße sich 1842 der große ***Brand*** ausbreitete.

116 // Der erste Hamburger »Tatort« mit Til Schweiger als Nick Tschiller wartete mit den bis dahin meisten Leichen auf, die es jemals in einem Tatort gab: ***19 Tote in 90 Minuten***.

117 // Spezialität ***Stubenküken***: Weil früher die Bauern ihr Geflügel im Winter mit den Überschüssen aus dem Fischfang fütterten, brütete es ein weiteres Mal. Diese Küken mästete man in der warmen Stube in einem Verschlag unter der Sitzbank (Hühnerbank). Sobald sie 250 Gramm Gewicht hatten, wurden sie verspeist.

118 // 1968 wurden ***5.000 Kirschbäume*** im Stadtgebiet gepflanzt.

119 // IM 16. JAHRHUNDERT GAB ES 530 BRAUEREIEN, DIE ZEHN VERSCHIEDENE BIERSORTEN BRAUTEN.

120 // Der ***Tierpark Hagenbeck*** ist die beliebteste Freizeiteinrichtung der Stadt mit den meisten Besuchern.

121 // Aus Hamburg kam 1926 ***der erste*** industriell gefertigte ***Dübel***. Er bestand aus einer dünnen Blechhülle mit einer Hanfschnur als Kern.

122 // In der Hansestadt sind rund 350 ***Elektroautos*** unterwegs – für private und öffentliche Unternehmen wie Pizzadienste, Energieversorger, die Polizei und die Deutsche Bahn.

123 // Zweimal dreimal die Eins: Das ***Rathaus*** ist 111 Meter breit, der Mittelturm ist knapp über 111 Meter hoch.

124 // Nur Mut! ***Dr. Knebel*** ist ein Hamburger Mund-Kiefer-Gesichtschirurg.

125 // In der Stadt Hamburg in Minnesota/USA dürfen ***Frauen*** kein ***Nikolauskostüm*** tragen.

126 // Im Winter 2010 sprach auf einem Flug von München in die Hansestadt der ***Kapitän kurz vor der Landung*** über die Bordlautsprecher: »Sehr verehrte Damen und Herren, das Wetter in Hamburg ist kalt, windig und sehr ungemütlich – quasi wie meine Exfrau!«

127 // 75 PROZENT DER HAMBURGER SIND NICHTRAUCHER.

ROSSIGNOL

128 // IM SCHANZENTURM STANDEN EINST ZWEI RIESIGE KESSEL VON 25 METERN DURCHMESSER UND MIT EINEM FASSUNGSVERMÖGEN VON 2,3 MILLIONEN LITERN WASSER ÜBEREINANDER. ES WAR DER GRÖSSTE WASSERTURM EUROPAS.

129 // ***Tivoli*** hieß eine 30 Kilometer östlich von Rom gelegene, mehr als 3.000 Jahre alte kleine Stadt, in der Kaiser Hadrian in der Villa Adriana seine Sommerresidenz hatte. Die Legende sagt, dass ein Vergnügungspark in Rom ebenfalls Tivoli genannt wurde.

130 // Hamburg hat zwei ***Dreiländereck***e – jeweils mit Niedersachsen und Schleswig-Holstein.

131 // An Bahnsteigen der U-Bahn kann man an den orangen ***Notrufsäulen*** nicht nur bei Gefahr den Nothalt betätigen, man kann sie auch als Infosäule benutzen und mündlich ***Fahrplan- und Tarifauskünfte*** einholen.

132 // DER LÄNGSTE ZUG IM MINIATUR WUNDERLAND IST BRUTALE 14,5 METER LANG – ES FAHREN AUF DER GANZEN ANLAGE INSGESAMT 1.000 TRIEBWAGEN MIT ÜBER 15.000 WAGGONS.

---

133 // Der ***Sandtorhafen*** war das erste künstlich geschaffene Hafenbecken. Heute können über die gesamte Länge bis zu 25 historische Schiffe präsentiert werden.

134 // Rund 100 ***Wochenmärkte*** gibt es in Hamburg – in keiner anderen europäischen Stadt hat man mehr.

135 // Die ***erste*** deutsche ***Ampel*** zur Regelung des Verkehrs wurde 1922 am Stephansplatz in Betrieb genommen.

136 // DIE BEIDEN START- UND LANDEBAHNEN DES FLUGHAFENS SIND ZUSAMMEN 6.916 METER LANG. ES KÖNNTEN 97 BOEING 747 HINTEREINANDER STEHEN.

137 // In Hamburg gibt es 104 ***Schornsteinfeger***.

138 // Die älteste gedruckte Rezeptsammlung der hiesigen Küche entstand 1788: »***Das Hamburgische Kochbuch***, verfasset von einigen Frauenzimmern«.

139 // Bis 1933 war ***das älteste*** deutsche ***Krematorium*** in der Alsterdorfer Straße noch in Betrieb. Es steht mittlerweile unter Denkmalschutz.

140 // ***Hamburg*** und ***Altona*** wurden 1841 durch die erste zweispännige ***Pferdebuslinie*** verbunden. Im Winter musste wetterbedingt vierspännig gefahren werden.

141 // DAS GESAMTE HVV-NETZ UMFASST INSGESAMT 885 KILOMETER.

142 // Feuerschiffe bekämpften keine Brände, sondern waren ***schwimmende Leuchttürme***.

143 // Beim größten ***Triathlon*** der Welt wurden 2014 in Hamburg von mehr als 10.000 Sportlern 7.000 Orangen und 10.000 Bananen verspeist.

144 // ***»Eau de Hamburg«*** ist seit 2013 beim Deutschen Patent- und Markenamt als Warenzeichen registriert.

145 // Auf einer Barge ohne Antrieb wurde 1906 die erste deutsche evangelische ***Flussschifferkirche*** errichtet – ein heute 26 Meter langes Schiff mit Taufbecken und Glockenturm.

146 // Hamburger machen ***5.445 Schritte pro Tag*** und bewegen sich somit am drittmeisten in Deutschland – nach Brandenburg (6.004) und Berlin (5.601). Schlusslicht ist das Saarland mit nur 4.783 Schritten.

147 // Bei der Stadt ***Hamburg in Pennsylvania***/USA steht auf einem Flachbau: »World's greatest Indoor Miniature Village«. Die Amis sind mal wieder nicht auf dem aktuellen Stand.

148 // Im Medienrestaurant im ehemaligen ***Verlagshaus*** Broschek Druck & Verlag heißt die ***Vorspeise***: »Vorwort des Herausgebers«.

149 // Bei der Aktion ***»Hamburg räumt auf«*** wurden 2014 von Freiwilligen insgesamt 245 Tonnen Müll eingesammelt.

150 // Der wichtigste ***Handelsartikel*** war laut Hamburger Schiffsrecht im Jahr 1270: ***Bier***.

151 // Zwischen dem Hamburger Hafen und Salzgitter verkehren ***Deutschlands schwerste Züge*** – mit einem Gesamtgewicht von bis zu 6.000 Tonnen. Drei über 8.000 PS starke Loks ziehen 600 Meter lange Waggons mit Eisenerz zum Stahlwerk nach Niedersachsen.

152 // Beim Bau der vierten Elbtunnelröhre verschlang ***TRUDE*** 400.000 Kubikmeter Erdreich: Der Name der 380 Tonnen schweren Schildvortriebsmaschine steht für »***T***ief ***R***unter ***U***nter ***D***ie ***E***lbe«.

153 // In Hamburg gibt es über 900 ***Tennis***-Spielfelder. Alle Markierungslinien zusammen haben eine Gesamtlänge von 131.652 Metern. Das ist per Luftlinie ungefähr die Entfernung zwischen Hamburg und Hannover.

154 // Beim großen ***Brand 1842*** wurden in nur drei Tagen mehr als 1.700 Häuser in 41 Straßen zerstört.

155 // Hamburg liegt auf demselben Breitengrad wie ***Labrador in Kanada***.

156 // Jeder Kronleuchter im Großen Festsaal des Rathauses ist mit ***287 Glühbirnen*** bestückt.

157 // Hamburgs ***First Top-Model***: Heinrich Heine ernannte die Gastwirtstochter Johanna Maria Carolina Ruaux zur drittwichtigsten Sehenswürdigkeit Hamburgs – nach dem Rathaus und der Börse. Reiche Bürger zahlten um 1824 sogar Eintritt, um in der Gaststätte »Mariannenruh« am Eimsbütteler Marktplatz ***»Die schöne Marianne«*** sehen zu können.

158 // Monat für Monat »landen« rund ***600 Fundsachen*** am Hamburg-Airport.

159 // IM EHEMALIGEN FEUERSCHIFF »ELBE 3« GIBT ES SECHS KABINEN MIT ÜBERNACHTUNGSMÖGLICHKEIT.

160 // Von ***Andy Warhol*** gibt es ein Pop-Art-Bild vom Hamburger ***Michel***. Er gehört zur Reihe »Monumenta Germaniae«, die der Pop-Art-Künstler ab 1980 von deutschen Bauwerken fertigte.

161 // Die Stockwerke der ***Krameramtsstuben*** wurden nach oben hin breiter gebaut, da sich der Preis an der Grundstücksfläche orientierte. So konnte man oben mehr und günstigen Wohnraum schaffen.

162 // Als erstes Bundesland hat Hamburg Motorräder der Marke ***Harley*** Davidson ***für den Polizeidienst*** zugelassen.

163 // 2010 waren 414.076 ***Hamburgerinnen*** ledig, 324.058 verheiratet, 87.738 verwitwet und 86.864 geschieden.

164 // DAS SCHWERT, DAS DER REICHSKANZLER AM BISMARCK-DENKMAL IN HÄNDEN HÄLT, IST ACHT METER LANG.

---

165 // 2013 erhielten 16 Hamburger Restaurants ***Michelin-Sterne***.

166 // Bis zum 17. Jahrhundert gab es echte ***»Booksbüdel«.*** Lederbeutel, mit denen man Gebet- und Gesangbücher transportierte und damit zur Kirche schlenderte.

167 // DAS AUTONOME KULTURZENTRUM »ROTE FLORA« HAT SEINEN NAMEN VON EINEM EHEMALS VORHANDENEN KÜNSTLICHEN GARTEN MIT HUNDERTEN ROTER LAMPEN IN BLÜTENKELCHFORM.

168 // Hamburg hatte Anfang 2014 insgesamt 45,5 Milliarden Euro ***Schulden*** – das sind pro Einwohner 25.000 Euro.

169 // Die ehemalige ***Senatorin Traute Müller*** schied 1993 aus dem Dienst, weil ihr Freund für die ***Stasi*** gearbeitet hatte.

170 // Entspannungsmassage ***Shiatsu***: In Hamburg gibt es eine Praxis ***für*** gestresste und ***verspannte Hunde***. Bell-issimo!

171 // Mai lieber Scholli! 2013 gab es den nassesten Monat seit Beginn der Wetteraufzeichnungen mit ***dreimal so viel Regen*** im Mai wie üblich: 160 Liter pro Quadratmeter. Der trockenste Monat war Juli 1983 mit nur 5,1 Litern.

172 // Im ersten ***Otto-Katalog*** waren alle Produktfotos noch per Hand einzeln eingeklebt.

173 // DIE LIEBLINGSFARBE VON HANS ALBERS WAR DUNKELBLAU.

---

174 // Grobian mit Biss! Die ***»Hamburger Bratwurst«*** ist eine Brühwurst aus Schweinefleisch. Die Masse hat eine Struktur mit bis zu 5 Millimeter dicken Stücken und fällt daher in die Kategorie »Grobe Bratwurst«.

175 // Den Straßenname ***»Rutschbahn«*** gibt es seit 1874, er erinnert an das ehemalige Wirtshaus »Zur Rutschbahn«. Der Gastwirt hatte extra für seine erwachsenen Gäste eine Rutsche in seinem Garten aufgestellt.

176 // FFFFFFFF. Fischers Fritz fischt frische Fische für fleißige Frühaufsteher. 1887 gab es die erste ***Hamburger Fischauktion***.

177 // Die häufigsten Gründe für ***Krankschreibungen*** in der Hansestadt sind psychischer Natur – wie Depressionen und Angstzustände.

178 // ***Heinrich Heine*** machte eine Lehre im Bankgeschäft seines Onkels Salomon Heine in Hamburg.

Fahrräder anlehnen & anketten verboten.
Danke für Ihr Verständnis.

179 // OUI, MON AMOUR: DER ALSTER-PAVILLON WAR DAS ERSTE EISCAFÉ DEUTSCHLANDS – ES WURDE BEREITS 1799 VON EINEM FRANZOSEN ERÖFFNET. MILCHEIS WAR NOCH UNBEKANNT, DIE GEFRORENE SPEZIALITÄT STELLTE MAN AUS GEPRESSTEN FRÜCHTEN UND WASSER HER.

180 // Klick. Bereits in der ersten Stunde nach Freischaltung wurden 10.000 ***Internetdomains*** mit der neuen Endung »***.hamburg***« registriert.

181 // 800 SCHEINWERFER BELEUCHTEN ABENDS DIE SPEICHERSTADT.

182 // Sicher ist sicher. Bei einer Seebestattung wird die ***Urne mit Kies, Sand oder Wasser*** beschwert und außerhalb der Drei-Meilen-Zone im Meer versenkt.

183 // In der Hansestadt gibt es drei ***Erfinderläden***.

184 // Die ***»Hamburger Skihütte«*** befindet sich im Gasteiner Tal in Österreich und gehört zum Deutschen Alpenverein, Sektion Hamburg und Niederelbe. Sie liegt 1,963 Kilometer (!) höher als die Hansestadt.

185 // Der Komponist und Pianist ***Peter Tschaikowsky*** schrieb in seinen Tagebüchern, dass er wohl nirgends in seinem Leben so unbeschreiblich gut und lange gezecht habe, wie in dieser aufgeweckten, schönen und freundlichen Stadt.

186 // Lucky Look! 1917 entdeckte ein Astronom der ***Bergedorfer Sternwarte*** einen neuen Planeten und nannte ihn lokalpatriotisch »Montana« – wegen Bergedorf.

187 // 25.000 Hamburger folgten 1803 dem Trauerzug bei der Beerdigung von ***Friedrich Gottlieb Klopstock***.

188 // 1991 publizierte der Depesche Verlag die erste Postkartenserie mit der ***Diddl-Maus***.

189 // Seid verschlungen, Müllionen: 1896 entstand in der Hansestadt die erste ***Müllverbrennungsanlage*** Deutschlands.

190 // Hamburger DOM 2004: In 66 Metern Höhe heiratete ein Paar auf dem ***»Freefall Power Tower«*** – kurz danach sind die ***Vermählten*** wieder auf dem Boden der Tatsachen gelandet.

191 // ***Franz Beckenbauer*** gewann mit dem HSV 1982 seinen fünften Deutschen Meistertitel.

192 // Hoch die Flossen: 16.000 Hamburger haben einen ***Angelschein***.

193 // 2013 liefen insgesamt 9.681 ***Schiffe*** den ***Hamburger Hafen*** an. Davon waren 4.922 Containerschiffe.

194 // Ab 1663 mussten Hamburger ***Bürgermeister*** schwören, für ihre Wahl keine ***Bestechungsgelder*** gezahlt zu haben.

195 // Die ***Mönckebergstraße*** ist mit 12.120 Passanten pro Stunde eine der meistfrequentierten Einkaufsstraßen Deutschlands.

196 // Jeder Zeiger der ***Turmuhr*** von St. Michaelis wiegt 130 Kilogramm.

197 // Die ***Feuerwehren*** mussten im Jahr 2013 insgesamt 253.583 Mal ausrücken: Es gab 11.456 Brandeinsätze, 21.750 Technische Hilfeleistungen und 220.377 Einsätze im Rettungsdienst.

198 // 40 Prozent der Hamburger fallen bei der praktischen ***Führerscheinprüfung*** durch. ***Deutschlandrekord!***

199 // DER IM VOLKSMUND ALS TELEMICHEL BEKANNTE HEINRICH-HERTZ-TURM HAT EIN GESAMTGEWICHT VON 43.000 TONNEN.

BURTON

200 // Harry Rowohlt nannte seine oft sehr langen Lesungen ***»Schausaufen mit Betonung«***.

201 // Außerhalb der Stadt und deshalb nicht steuerpflichtig braute einst der Fischer Lohe sein eigenes Bier. Nach dem Geschmack des Rates stand sein Wirtshaus dennoch all zu nah (***»all to nah«***) an der Stadtgrenze. So kam ***Altona*** zu seinem Namen.

202 // An der ***Uhr*** in der ***Rathausdiele*** schlägt eine Figur die vollen Stunden - sie symbolisiert den Tod. Die Viertelstunden schlägt ein kleiner Junge.

203 // Über die ***Köhlbrandbrücke*** fahren täglich über 25.000 Lastwagen.

204 // Insgesamt 58 Treppen mit sage und schreibe 4.864 Stufen befinden sich an den Hängen des sogenannten ***Treppenviertels*** in Blankenese rund um den Süllberg.

205 // In der ***Hudtwalckerstraße*** konnte man 1927 in Deutschland zum ersten Mal an einer ***Zapfsäule*** tanken.

206 // ***Matthias Claudius*** (»Der Mond ist aufgegangen«) arbeitete als Journalist in Wandsbek.

207 // 2013 BESUCHTEN 5.971.735 TOURISTEN HAMBURG.

HAMBURG

208 // ***Große Bleichen*** und ***Hohe Bleichen*** waren früher Wiesen, auf denen Wäsche gebleicht wurde.

209 // Den ersten ***Blitzableiter*** Deutschlands erhielt 1769 der Turm der Jacobi-Kirche. Es könnte sogar der allererste Europas gewesen sein.

210 // Die ***textile Autowäsche*** in Waschanlagen wurde in Hamburg entwickelt und eingeführt.

211 // Das schwarz-weiß-blaue ***Wappen des HSV*** wurde 1919 aus den Farben der drei Gründungsvereine SC Germania, Hamburger FC und FC Falke gestaltet. Basis war das Flaggensignal »Blauer Peter« - weiß mit blauem Rand - mit der Bedeutung »Alle Mann an Bord«.

212 // DIE BEIDEN MARIENSTERNE AUF DEM STADTWAPPEN HABEN SECHS ZACKEN. ES IST DIE ZAHL DER IRDISCHEN VOLLKOMMENHEIT. ABER AUCH DER LUST.

213 // ***Heringsmilch*** wird gerne für die Herstellung von Marinaden und Saucen verwendet. Es ist das Sperma von Heringen, die noch vor dem Ablaichen gefangen werden.

214 // 374 Hamburgerinnen und ***Hamburger*** sind über ***100 Jahre*** alt.

215 // Ausgestorbene ***Hafenberufe***: Der Lukenviez musste die Ware an den richtigen Standort herunterhieven. Ein Stauviez war verantwortlich für das richtige Packen der Ware im Schiff. Und der Tallymann die Ladung beim Löschen und Laden hatte zu zählen.

216 // 2010 gab es in der Hansestadt 1.890 ***Schafe***. Politiker sind nicht erfasst.

217 // Feierabend? Von wegen. Weil in der Regel die Abgeordneten der Bürgerschaft berufstätig sind, beginnen die Sitzungen erst am Nachmittag. Deshalb gibt es in Hamburg das sogenannte ***»Feierabendparlament«***.

218 // ***Karl-Heinz Köpke***, der beliebteste deutsche Tagesschausprecher, moderierte in fast 30 Jahren über 5.000 Sendungen. Seine zwei berühmtesten Versprecher: »Aufpitschmuttel« und »Bundesaußenseiter Genscher«.

219 // Im 1805 erbauten ***Hippodrom auf St. Pauli*** ritten Damen oben ohne auf Pferden im Kreis. Eine Runde Traben kostete für Neugierige 30 Pfennig. Viele bezahlten aber doch lieber eine Mark für eine Runde Galopp – denn dann bewegten sich so manche Körperteile wesentlich intensiver…

220 // DIE PLATTE MIT DEN DREI BUCHSTABEN DOM ÜBER DEM EINGANGSTOR ZUM HAMBURGER VOLKSFEST IST MIT 606 BIRNENFASSUNGEN BESTÜCKT.

221 // Hamburgs ***Reformator Bugenhagen ließ*** 1530 den hölzernen ***Palmesel*** der Jakobikirche öffentlich ***zerstören***. Die Passionsspiele fanden damit ein sichtbares Ende.

222 // Durch die Kanalisation fließen täglich 450 Millionen Liter ***Abwasser***.

223 // Der Name ***»Santa Fu«*** ist die Abkürzung der Strafanstalt Fuhlsbüttel. Knastis waren ja noch nie Heilige.

224 // Wenn man ganz voll tankt, hört man ein Klicken: Das automatisch stoppende ***Zapfventil*** wurde 1960 in Hamburg erfunden.

225 // Die häufigsten ***weiblichen Vornamen*** 2013 waren 32-mal Sophie, 31-mal Marie, 20-mal Maria und 20-mal Mia.

226 // Die Promenade der ***Osakaallee*** ist unter anderem mit Pflastersteinen belegt, die aus alten Kaiflächen recycelt wurden.

227 // IN DER HAFENCITY BEZOGEN 2013 DREI PERSONEN ÖFFENTLICHE SOZIALLEISTUNGEN, IN BLANKENESE WAREN ES 138, IN BILLSTEDT 15.992.

228 // Der ***Phönix*** (aus der Asche) ***am Rathaus*** zwischen dem Wappen und der großen Turmuhr soll an die große Brandkatastrophe von 1842 erinnern. Auf dem Medaillon befindet sich das lateinische Wort »Resurgam« für »Ich stehe wieder auf«.

229 // ***Hamburger Frauen*** werden im Schnitt 81,3 Jahre alt, die ***Hamburger Männer*** hingegen nur 76,3 Jahre.

230 // Auf die Ohren: Um ***100 Dezibel*** schafft ein besonders lauter ***Marktschreier***. Das ist fast so viel wie eine Motorsäge.

231 // Als ***die Queen 1965*** in die Hansestadt kam, fragte man die Frau des Ersten Bürgermeisters Paul Nevermann, was sie zum Empfang anziehe. »Nichts«, sagte sie, »weil mein Mann eine Geliebte hat, gehe ich überhaupt nicht hin.«. Sein Rücktritt folgte umgehend.

232 // Mehr als dreieinhalb Stunden sitzt jeder ***Hamburger*** pro Tag ***vor dem Fernseher***.

233 // INGE MEYSEL FEIERTE IM SCHMIDTS TIVOLI IHREN 80. GEBURTSTAG.

234 // Die Bergedorfer Straße ist mit 14.800 Metern ***die längste Straße*** Hamburgs - Stoßstange an Stoßstange könnten 5.480 Smarts hintereinanderstehen.

235 // ***Den ersten Hamburger Tennisclub*** gründete der »Eisbahnverein auf der Uhlenhorst«. Coole Sache!

236 // ***Filmfehler*** bei den Pfefferkörnern: Die Adresse des Pfefferkörner-Hauptquartiers steht auf der Plane eines Lieferwagens: Overbeck & Cons., Gewürzhandel, Kannengiesserort 5, 20357 Hamburg. Allerdings: Die richtige Postleitzahl am Kannengiesserort lautet 20457.

237 // Einen ***Jungfernstieg*** gibt es in mehr als zwölf deutschen Städten.

238 // Good Lack! Nach jeweils 12.000 Kilometern wird jede ***S-Bahn*** einer gründlichen ***Außenreinigung*** unterzogen.

239 // ***Hein Gas*** war der Spitzname eines Hamburger Gastwirtes, der sein ab 1823 aus Steinkohle destilliertes Leuchtgas an wohlhabende Privathaushalte lieferte.

240 // 106 METER ÜBER DER ELBE BEFINDET SICH DIE AUSSICHTS-PLATTFORM DES MICHELTURMES. ES SIND »NUR« 452 STUFEN – WER MÖCHTE, KANN AB STUFE 53 MIT DEM AUFZUG NACH OBEN FAHREN.

---

241 // Nach einer alten Faustregel kann beziehungsweise soll man erst nach zehn Tagen bei Minus zehn Grad das Eis auf der ***Außenalster betreten***.

242 // Im Hamburger Rathaus gibt es eine ***Brautpforte und*** eine ***Brauttreppe,*** über die noch nie ein Brautpaar gegangen ist.

243 // Mit fast neun Kilometern Länge ist die ***Elbchaussee*** die längste bewohnte Straße der Stadt. Sie war einst nur ein schmaler Sandweg.

244 // 2.800 Einzelobjekte sowie 2.100 Ensembles stehen in der Stadt unter ***Denkmalschutz***.

245 // In der Stadt Hamburg in Iowa/USA ist auf öffentlichen Plätzen das ***Gurgeln verboten***.

246 // Die Schiffsnamen der 90 Dampfer- und Motorschiffe sowie 66 Segelschiffe der 1824 von ***Ferdinand Laeisz*** gegründeten Reederei begannen alle mit dem Buchstaben »P« – seit 1857 ein Segelschiffneubau nach dem Spitznamen der Reedersgattin Sophie »Pudel« getauft worden war.

247 // Hamburg verfügt über 82 Kilometer ***Autobahn***.

248 // In der St. Joseph Kirche in Wandsbek gibt es eine ***Bet-Box***. Es ist der weltweit erste Automat für Rosenkränze. Man kann sich gegen Gebühr auch ein Rosenkranz-Bastelset ziehen.

249 // Oh Tannenbaum: Jedes Jahr werden rund ***325.000 Weihnachtsbäume*** von der Stadtreinigung eigesammelt und entsorgt.

250 // Da schlackert man mit den Ohren: Die »First European ***Elephant Management School***« im Tierpark Hagenbeck bietet neuntägige Spezialkurse zum Umgang mit den Dickhäutern an.

251 // ***Johannes Brahms*** wurde als erster Musiker beziehungsweise Künstler überhaupt zum Ehrenbürger ernannt.

252 // In Hamburg gibt es acht ***»Tatort«-Kneipen***. Hier kann man jeden Sonntag gemeinsam mit anderen seine Krimisucht stillen.

253 // DER WOHL ÄLTESTE BAUM DER STADT STEHT IM JENISCHPARK. ES IST EINE RUND 500 JAHRE ALTE EICHE MIT EINEM STAMMUMFANG VON 8,18 METERN.

---

254 // 2012 gab es in der Hansestadt 196 ***Eheschließungen***, bei denen beide Partner ***Ausländer*** waren.

255 // DIE FRONTEN DES CHILE-HAUSES BESTEHEN AUS 4,8 MILLIONEN BOCK-HORNER AUSSCHUSS-KLINKERSTEINEN DRITTER WAHL, DIE NORMALERWEISE FÜR SCHWEINESTÄLLE ODER FUSS-BODEN-PFLASTERUNGEN VERWENDET WURDEN.

256 // DER TIEFBUNKER STEINTORWALL

MIT SEINEN VIER METER DICKEN MAUERN BOT IM KRIEG 2.700 QUADRATMETER RAUM FÜR ZUFLUCHTSSUCHENDE.

257 // Saubere Sache: Hamburgs innerstädtisches ***Sielnetz*** ist das älteste Kontinentaleuropas.

258 // Es gibt in der Hansestadt über ***7.000 Straßennamen***.

259 // Das Buch ***»Appelschnut«*** des Hamburger Schriftstellers Otto Ernst ist benannt nach seiner dreijährigen Tochter Roswitha. Es wurde über 500.000 mal gedruckt und in 17 Sprachen übersetzt.

260 // DAS GESAMTE HAMBURGER STRASSENNETZ MIT DEM TAXI ZU DURCHFAHREN WÜRDE ETWA 5.900 EURO KOSTEN.

---

261 // Im Hafen gibt es drei ***Berufsfischer***. In den wärmeren Monaten finden sich meistens Aale, Butt und Wollhandkrabben in den Netzen und Reusen, im Winter vor allem Barsch, Stint und Zander.

262 // Lunge, Lunge: ***Helmut Schmidt*** hat in seinem Leben mehr als ***eine Million Zigaretten*** geraucht. Das entspricht einer Inhalationsmenge von über sieben Kilogramm Teer.

263 // ***»Eiserne Jungfrau«*** hieß die erste telefonische Zeitansagemaschine in Hamburg. Ab dem 4.11.1937 konnte man unter der Nummer 44441 für 10 Pfennig diesen Dienst in Anspruch nehmen. Wenn man ein Telefon hatte.

264 // Im ***Hamburger Telefonbuch*** gibt es fünf Einträge von Privatpersonen mit dem Nachnamen Hamburg. Weitere drei heißen Hamburger.

265 // In der ***»99 Cent Bar«*** kosten Mix-Getränke 1,98 Euro.

266 // Zwischen März und Mai machen jedes Jahr circa 6.000 ***Ringel- und Weißwangengänse*** rund um die Insel Neuwerk Rast auf ihrem Weg aus dem Süden nach Sibirien. Das sind zusammengerechnet neun Tonnen Gewicht oder sechs Porsche 911.

267 // Knapp die Hälfte der über 400 Hamburger ***Einbahnstraßen*** ist offiziell für ***Fahrradfahrer*** gegen die vorgeschriebene Fahrtrichtung befahrbar.

268 // ***Volker Lechtenbrink und Manni Kaltz*** wohnen einander gegenüber.

269 // Der Erfinder des Dynamits gründete am 20. 06. 1865 in Hamburg seine Firma »Alfred Nobel & Co«. Nobel machte viele ***Sprengstoff-Tests*** auf einem Holzfloß ***auf der Elbe***. Sicher ist sicher.

270 // Tonnerlittchen! Rund 20 Tonnen Lebensmittel werden Woche für Woche von der ***»Hamburger Tafel«*** eingesammelt und direkt an etwa 15.000 Bedürftige verteilt.

271 // 19.000 ***Lehrerinnen und Lehrer*** unterrichten in der Hansestadt. Das Durchschnittsalter der Pauker beträgt 45 Jahre.

272 // Am 15. 11. 2009, dem Tag der Beisetzung von Torwart Robert Enke, begann die Sendung ***»Dittsche«*** aus Hoheluft-West mit einer ***Schweigeminute***.

GLORIA

273 // DIE GOLDKRONE DER KATHARINENKIRCHE SOLL DER LEGENDE NACH AUS STÖRTEBEKERS SCHATZ STAMMEN, DER IN DEN MASTEN UND ZWISCHEN DEN PLANKEN AUF SEINEM SCHIFF VERSTECKT WAR.

274 // Das Firmengelände von ***»Otto«*** umfasst knapp 37 Fußballfelder.

275 // An der Uni Hamburg gibt es eine ***geschlechtergerechte Sprachregelung***, die verhindern soll, dass sich Frauen oder Männer durch eindeutige Bezeichnungen diskriminiert fühlen. Statt »Der Antragsteller« heißt es beispielsweise nun ganz neutral »die den Antrag stellende Person«.

276 // ***Die kleinste Schiffstaufe*** der Welt fand im Miniatur Wunderland statt. Am 24. 11. 2009 zerschellte am 2,20 Meter langen Modell des Kreuzfahrtschiffes AIDA Blu eine 15 Zentimeter kleine Sektflasche.

277 // Die ersten 1.000 Exemplare von Karl Marx' ***»Das Kapital«*** wurden in Hamburg gedruckt.

278 // Der Erfinder von ***Intelligenzquotient und Intelligenztest*** wirkte lange in Hamburg. William Stern (1871-1938) war Inhaber eines Lehrstuhls für Psychologie.

279 // Das Alte Zollenspieker Pegelhäuschen ist ***das kleinste Restaurant der Welt***.

280 // Der englische Schauspieler Wensley Ivan William Frederick Pithey, die Werbe-Ikone der 1960er Jahre mit der berühmten schwarzen Melone auf dem Kopf, verdiente anfangs als ***Tchibo-Kaffee-Experte*** 1.000 Pfund pro Jahr.

281 // In Hamburg gibt es über 1.750 ***Ampelanlagen***.

282 // Der ***dickste Muffin der Welt*** wurde 2010 in Hamburg gebacken. Er wog satte 88,7 Kilogramm.

283 // Das ***Eppendorfer Moor*** ist das größte innerstädtische Moor Mitteleuropas. Dort sind über 600 Schmetterlingsarten heimisch.

284 // 1917, IM ERSTEN WELTKRIEG, MUSSTE WEGEN KOHLEMANGELS DER BETRIEB DER ALSTERDAMPFER EINGESTELLT WERDEN.

285 // Die Beseitigung von ***Vandalismusschäden*** in U-Bahnen und Bussen der Hamburger Hochbahn kostet pro Jahr zwei Millionen Euro.

286 // Olivia Jones nennt ihre Perücke ***»Müffelmops«***.

287 // Bis vor 100 Jahren gab es Fischbeinreißereien. ***Hamburger Fischbeinreißer*** zerkleinerten die mannshohen und elastischen Barten der Wale – daraus wurden Skelette für Korsetts, Reifröcke, Regenschirme, Fächer, Angeln und so weiter hergestellt.

288 // Im Gesamtbereich des ***HVV*** gibt es an über 120 Haltestellen mehr als 23.000 ***Auto-Stellplätze***.

289 // HAMBURG IST DIE DRITTGRÖSSTE MUSICALMETROPOLE DER WELT.

290 // Im Michel gibt es zwei Bankreihen mit bequemeren Sitzen. Dieses ***Senatsgestühl*** ist seitlich durch ein geschnitztes Hamburger Wappen gekennzeichnet und bei Festakten der Regierung vorbehalten.

291 // Hamburger ***Jäger erschießen*** pro Jahr 50 ***Hauskatzen***, die sich mehr als 200 Meter vom nächsten Haus entfernt haben.

292 // Das Deodorant mit dem Inhaltsstoff Hexachlor-Dihidroxi-Diphenylmethan bestand aus 32 Buchstaben – geschrieben als ***»8x4«*** wurde es so ab 1951 zum weltberühmten Markenzeichen.

293 // Die Tiefgarage unter dem ***Spielbudenplatz*** war früher ein zweigeschossiger ***Bunker***, in dem sich bei Bombenangriffen bis zu 20.000 Menschen drängten.

294 // Sogenannte ***Kachelklopfer*** hatten die Aufgabe lockere Kacheln in den Elbtunnelröhren ausfindig zu machen. Vor der Sanierung gab es dort circa 1,9 Millionen Kacheln.

295 // ***»St. Pauli TV«***. Das ist kein Fernsehsender. Kein Zusammenschluss von Transvestiten. Ist nicht die physikalische Maßeinheit TeraVolt. Und hat auch nichts mit einem TarifVertrag auf dem Kiez zu tun. TV heißt seit 1862 ganz einfach der Turnverein St. Pauli.

296 // Auf Stadtplänen gibt es in Heimfeld den Weg ***»Diebeskuhle«***. Vor Ort findet man allerdings nur einen steinernen Wegweiser mit der Bezeichnung »Diebsweg«.

297 // 1947 waren in der Stadt die Lebensmittel knapp, Hamburg war Notstandsgebiet. Die Bevölkerung erhielt täglich nur ***1.100 Kilokalorien*** – so viel sind in 0,15 Litern Milch enthalten.

298 // Die 14 Meter lange ***Panoramascheibe im Tropen-Aquarium*** hat eine Wandstärke von 22 Zentimetern. Das ist etwas mehr als die kurze Seite eines DIN A4-Blattes.

299 // DER ORANGENE 13 METER HOHE AUSSICHTSTURM »VIEW POINT« HAT DEN FARBTON HKS 7.

300 // Das ***Lessingdenkmal*** am Gänsemarkt wurde 1944 durch den Luftdruck einer in unmittelbarer Nähe detonierten Sprengbombe ***vom Sockel gestürzt*** – und erst zehn Jahre später wieder aufgebaut.

301 // Immer mehr ***Bagatellprozesse***: Jede fünfte Klage an den Hamburger Amtsgerichten hat einen Streitwert von unter 300 Euro.

302 // UWE SEELERS RECHTER FUSS STEHT ALS BRONZENES KUNSTWERK VOR DEM STADION DES HSV. DIESE GRÖSSTE FUSS-SKULPTUR DER WELT IST 5,15 METER LANG – UND HAT SOMIT SCHUHGRÖSSE 774!

---

303 // Auf rund ***500 Hektar*** wird in der Hansestadt ***Gemüse*** angebaut, davon zehn Prozent unter Glas.

304 // Eine leckere »Bordsteinschwalbe« kann man auf dem erotischen Weihnachtsmarkt ***»Santa Pauli«*** auf dem Kiez genießen – als Heißgetränk.

305 // 1777 gab es in Hamburg 276 ***Kaffee- und Teehändler***.

306 // Das Wort ***Bordell*** leitet sich ab aus dem französischen bordel ***»Bretterhütte«***.

307 // 1887 stand am ***Kranhöft*** neben dem Segelschiffhafen mit 30 Metern Höhe der damals größte Kran der Welt.

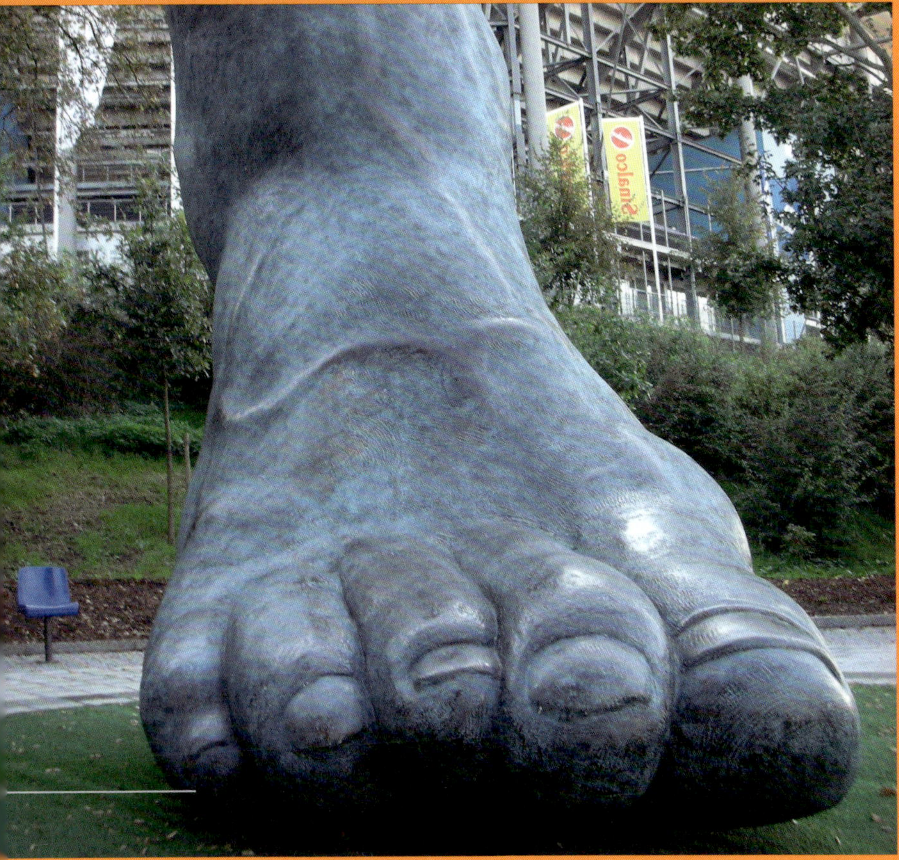

308 // ***»Butenhamburger«*** sind zwar in Hamburg geboren, aber nach außerhalb (Plattdeutsch »buten«) verzogen. Viele mussten im Krieg während den Luftangriffen aus der Stadt flüchten.

309 // 1.249.920 CDs hätten nebeneinander Platz: Mit 18.000 Quadratmetern Verkaufsfläche ist der Saturn-Markt in der Mönckebergstraße ***der größte Elektrofachmarkt der Welt***.

310 // ***Hamburger wiegen*** im Durchschnitt 81,3 Kilogramm. Ein Durchschnittshamburger ohne Käse wiegt 135 Gramm.

311 // ***Hamburger Holzdetektive*** entlarven Holzfälscher weltweit. In der »Xylothek« des Thünen-Instituts lagern über 37.000 kategorisierte Holzmuster von 12.000 Baumarten.

312 // UNTERSPÜLUNGEN UND STURMFLUTEN HABEN DIE 1925 ERBAUTE OBERHAFENKANTINE IN DIE NOCH HEUTE VORHANDENE SCHIEFLAGE GEBRACHT. SIE IST DIE LETZTE DER EINST ÜBER 20 STÄRKUNGSSTATIONEN FÜR HAFENARBEITER UND SEELEUTE.

---

313 // Der ***»älteste Hamburger der Welt«*** wurde am 17. 07. 1999 bei MC Donalds in Logan/USA gekauft – und hat sich bis heute optisch kaum verändert. Das nicht verspeiste Fastfood hat sogar einen eigenen Blog.

314 // IN DER HANSESTADT GIBT ES SAGE UND SCHREIBE 2.485 BRÜCKEN – VENEDIG HAT NUR 435.

315 // Die Hamburger ***Wallanlagen*** bestanden aus 22 Bastionen – diese meist fünfeckigen Bollwerke wurden alle nach den im 17. Jahrhundert amtierenden Ratsherren benannt.

316 // VfB Leipzig gegen DFC Prag: Das erste Endspiel einer deutschen ***Fußballmeisterschaft*** fand ***1903*** in Altona statt.

317 // Das beliebteste ***Urlaubsziel***, das ab Hamburg Airport angeflogen wird, ist ***Spanien*** inklusive Balearen und Kanarische Inseln.

318 // Philipp Fürchtegott Reemtsma hat ***runde Zigaretten*** entwickelt – vorher waren sie oval und an den Schmalkanten zu trocken.

319 // Die beliebtesten ***männlichen*** ***Vornamen*** im Jahr 2013 in der Stadt: 24-mal Alexander, 17-mal Paul, 16-mal Joel, 14-mal Daniel und 14-mal Elias.

320 // Der tägliche ***Wasserverbrauch*** ist mit 110 Litern um mehr als 10 Prozent geringer als im bundesweiten Durchschnitt.

321 // DER BEGRIFF »HANSE« IST RECHTLICH NICHT SCHUTZFÄHIG, ES DARF IHN JEDER VERWENDEN.

---

322 // Wer im ***17. und 18. Jahrhundert*** zum ***Bürgermeister*** gewählt wurde, durfte weder das Amt ablehnen noch zurücktreten. Sonst verlor derjenige umgehend das Bürgerrecht.

323 // ***Bergziegen*** in der Hansestadt? So nennt man die HVV-Busse der Linie 48 in Blankenese, die Steigungen bis 15 Prozent bewältigen müssen.

324 // ***Mundraub verboten***! Ein Hamburger Gesetz von 1592 erlaubte es den Eigentümern, einen ertappten Obst- und Gemüse-Dieb »braun und blau zu schlagen«. Außerdem drohten zwei Wochen Gefängnis.

325 // In Hamburg befinden sich die zehn größten ***Modelagenturen*** Deutschlands.

326 // Petri Heil! Mehr als ***90 Fischarten*** tummeln sich in Hamburgs Gewässern.

327 // Die ehemals tiefen ***Gräben der Wallanlagen*** wurden ab Ende des Zweiten Weltkriegs mit Trümmerschutt aus der ganzen Stadt aufgefüllt.

328 // Original ***Tuk-Tuk aus Thailand***: Durch die Hansestadt fährt die wohl einzige dreirädrige Autorikscha Deutschlands.

329 // Hamburger Bürger durfte früher nicht jeder Einwanderer werden. Bis ins 17. Jahrhundert musste man das ***Bürgerrecht kaufen***. Total ausgeschlossen waren Adelige, Juden und Katholiken.

330 // ***Zuschauer-Weltrekord*** in der Handball-Bundesliga: Das Team des HSV unterlag am 6.9.2014 vor 44.189 Zuschauern im Fußball-Stadion von Eintracht Frankfurt den Rhein-Neckar-Löwen mit 22:28.

331 // Jan Delay erhielt 2012 vom Deutschen Mode-Institut die Auszeichnung ***»Krawattenmann des Jahres«***.

332 // 35 ***Hamburger Stadtteile*** haben bis zu zehn Ortsteile – die restlichen 69 Stadtteile haben jeweils nur einen.

333 // Bereits um 1500 gab es ***Lustfahrten mit Musik*** auf der Alster. In großen Ruderbooten aus Eichenholz saßen die Hanseaten an Tischen und Bänken in den so genannten »Alsterschüten«.

334 // Kekse waren ursprünglich nahrhafte und haltbare Nahrungsmittel auf Schiffen – die Engländer verwendeten sie auf langen Fahrten. Über den Seeweg kamen die ***»English Cakes«*** dann im 19. Jahrhundert auch zu uns.

335 // Das Fundament des Hamburger ***Rathaus***es steht ***auf*** über 4.000 ***Eichenpfählen***.

336 // FÜR DIE BILDER AUF DER AFRIKANISCHEN ETAGE IM HOTEL ATLANTIC VERWENDETE DER KÜNSTLER CARSTEN WESTPHAL NEBEN FARBPIGMENTEN UND BINDEMITTELN MATERIALIEN WIE SALZ, SAND, ERDE UND STAUB.

337 // DAS WIE EIN PARALLELOGRAMM GEFORMTE DOCKLAND BÜROGEBÄUDE HAT EINEN NEIGUNGSWINKEL VON 24 GRAD.

338 // IM HAMBURG DUNGEON WERDEN NUR EREIGNISSE PRÄSENTIERT, DIE MINDESTENS 100 JAHRE ZURÜCKLIEGEN.

---

339 // Immer im Juni findet der mittlerweile größte ***Motorradgottesdienst*** Europas (wenn nicht gar der Welt) statt. Über 35.000 Biker knattern dann vom Michel aus durch die Hansestadt.

340 // Pro 100.000 Einwohner kommt Hamburg auf 50 angemeldete ***Patente***.

341 // Die erste deutsche ***Röntgenanlage für Container*** wurde 1996 im Hafen in Betrieb genommen.

342 // Im ***Chinesenviertel*** rund um die Schmuckstraße, das zwischen 1890 und 1944 bestand, lagen viele Wohnungen und Lokale im Keller, da diese für Ausländer günstig zu mieten waren. Geheime Tunnelsysteme der Chinesen gab es jedoch nicht.

343 // ***Hamburgs älteste Eltern*** bekamen mit 51 und 68 Jahren im Frühjahr 2013 ihren ersten Stammhalter.

344 // Das ***Durchschnittsalter*** von Hamburger Frauen ***bei der Geburt*** ihres Kindes liegt bei 31,03 Jahren.

345 // Der ***»Fliegende Hamburger«***: violett-elfenbeinfarbig, 42 Meter lang, 160 Stundenkilometer schnell. Sechs Jahre war er der schnellste Reisezug der Welt. Der Dieseltriebwagen verkehrte ab dem 15. 05. 1933 auf der 286 Kilometer langen Strecke Berlin-Hamburg. Fahrzeit: zwei Stunden.

346 // Das alte ***Reemtsma-Logo*** zeigt einen Bugsteven – den vorderen oberen Abschluss eines Wikingerschiffes in Form eines stilisierten Drachenkopfes.

347 // UM DIE 150.000 BEINE – HUNDE INBEGRIFFEN – LAUFEN SONNTAG FÜR SONNTAG DICHT GEDRÄNGT ÜBER DEN FISCHMARKT.

348 // Knapp die Hälfte der circa eine Million Hamburger Haushalte sind ***Singlehaushalte***.

349 // ***Friedrich VIII.***, König von Dänemark, ***starb*** am 14.5.1912 bei einem Zwischenstopp ***in Hamburg*** – auf der Heimreise von Nizza nach Kopenhagen. Er verließ allein sein Hotel »Hamburger Hof« für einen Abendspaziergang und brach laut Polizeibericht am Gänsemarkt zusammen. Man munkelte, dass er kurz vor seinem Tod ein Bordell besucht habe und sein Leichnam dann heimlich auf der Straße abgelegt worden sei.

350// ***Google*** hat seine Deutschlandzentrale in der ABC-Straße.

351 // Der Schauspieler und Moderator Carsten Spengemann behauptet, ein ***Enkel von Hans Albers*** zu sein. Seine Oma soll auf ihrem Sterbebett eine Liebesbeziehung mit dem blonden Hans gebeichtet haben.

352 // DIE »BULLEREI« IST KEIN POLIZEIREVIER, SONDERN EIN RESTAURANT, DAS SICH IN EINER ALTEN HISTORISCHEN VIEHHALLE BEFINDET.

---

353 // ***1602*** wurde in Altona die ***Glaubensfreiheit*** eingeführt.

354 // Experten wählten die Hansestadt zum attraktivsten ***Unternehmens-Standort der Republik***.

BULLEREI

355 // Hamburg heißt auf Hawaiianisch ***Hamepuka***.

356 // ***2011 brannte das Auto eines Lehrers*** im Elbtunnel. Um eine Katastrophe zu verhindern, fuhr er mit dem Fahrzeug noch ins Freie. Leider verbrannten die Mathe-Aufgaben seiner Schüler, die auf dem Rücksitz lagen.

357 // 24 Stunden geöffnet: Über das Stadtgebiet verteilt gibt es 2.200 Altglascontainer, 2.300 Papiercontainer sowie 100 ***Container*** für Elektrokleingeräte.

358 // Der auf einem Ponton schwimmende ***Weihnachtsbaum auf der Binnenalster*** wurde erstmals 1966 aufgestellt. Die Kosten für Fällen, Transport, Aufstellung und Beleuchtung belaufen sich aktuell auf rund 35.000 Euro. Kling, Glöckchen, Klingelingeling.

359 // SEIT 2007 SIND REEPERBAHN UND UMLIEGENDE STRASSEN OFFIZIELL WAFFENVERBOTSZONEN. ES SIND WEDER SCHUSSWAFFEN NOCH KLAPPMESSER, BASEBALLSCHLÄGER ODER PFEFFERSPRAYS ERLAUBT. WIEDERHOLUNGSTÄTER RISKIEREN BUSSGELDER BIS ZU 10.000 EURO.

---

360 // ***Allns Gode ton Geburtsdach***: Der Anteil der Hundertjährigen liegt in Hamburg um mehr als 50 Prozent über dem Bundesdurchschnitt.

361 // An Hamburgs Schulen gibt es 73 ***Schülerzeitungen***.

362 // »Moin moin« wird auch in Luxemburg und in Interlaken in der Schweiz als Gruß verwendet.

363 // Das ***Chilehaus*** besitzt 2.800 Fenster.

364 // Eine ***Patenschaft für einen echten Stern*** im Weltall kostet beim Förderverein Planetarium zwischen 120 und 4.200 Euro.

365 // Das englische Verb »to feed« bedeutet füttern – so kamen die ***Feederschiffe*** zu ihrem Namen. 160 Feeder-Verbindungen gibt es zu kleineren Häfen.

366 // Hamburg war die weltweit erste Stadt in 3D auf ***google earth***.

367 // DIE U3 IST NICHT NUR DIE ÄLTESTE LINIE, SIE GILT AUCH ALS EINE DER SCHÖNSTEN STRECKEN DEUTSCHLANDS. SIE HAT INSGESAMT 26 HALTESTELLEN AUF KNAPP 21 KILOMETERN.

368 // Im Stadtgebiet verkehrten bundesweit die allerersten ***Straßenbahnen mit Liniennummern***.

369 // Eveline Hall ist mit 68 Jahren ***das älteste Topmodel der Welt***. Sie wuchs in Hamburg auf und tanzte unter anderem an der Staatsoper.

370 // ***»Großstadtrevier«***: Die Räume des Kommissariats sind keine künstliche Kulisse, sondern in Wirklichkeit die Büros der Produktionsfirma.

371 // Im Merchandising-Shop der Hamburger Hip-Hop- und Electropunk-Formation ***»Deichkind«*** gibt es eine Fahne mit der Aufschrift »Ich habe eine Fahne«.

372 // Versteckt. Entdeckt. Was nicht alles geschmuggelt wird – sogar ***Beinprothesen***. Zu finden ***im Zollmuseum***.

373 // LAUT EINER STUDIE HABEN DIE HANSESTÄDTER 2,2-MAL PRO WOCHE SEX. DAS IST PLATZ VIER DER DEUTSCHEN BUNDESLÄNDER.

374 // Der Verein ***»De Fleetenkieker«*** hält seit 1994 sämtliche Kanäle und Ufer von Unrat frei.

375 // Der ***Lämmermarkt*** war ein Hamburger Volksfest. Bereits 1722 kauften Eltern ihren Kindern am Freitag vor Pfingsten lebende oder aus Holz gefertigte Lämmer zum Spielen.

376 // Die Stadt ***Hamburg in Südafrika*** hat dieselbe Vorwahl – 040 – wie die Hansestadt.

377 // Ein 1622 eröffnetes ***Werk- und Zuchthaus*** an der östlichen Seite der Binnenalster war Armen- und Arbeitshaus für Bedürftige, Bettler, Alte und für »faule, freche, geile, gottlose, mutwillige und ungehorsame, versoffene Trunkenbolde ... sowohl Frauen als Mannpersonen, die in Untugend, Hurerei, Büberei und allerlei Sünde und Schande erwachsen«.

378 // Der ***»Hamburger Mattenfilter«*** ist ein biologisch arbeitender Filter für Süßwasseraquarien, der mit einer Schaumstoffmatte funktioniert.

379 // ***Sky du Mont*** wurde mit 23 Jahren die Rolle des ***James Bond*** angeboten. Der Deal als Agent 007 scheiterte dann jedoch daran, dass er noch etwas zu jung war.

380 // 13 ***Einkaufspassagen*** – keine deutsche City besitzt mehr überdachte Verkaufsfläche.

381 // IM HAMBURG-LOGO FINDET SICH IM GEGENSATZ ZUM HAMBURG-WAPPEN EIN OFFENES TOR, DAS WELTOFFENHEIT SYMBOLISIEREN SOLL.

---

382 // In der ***ABC-Straße*** wurden früher die Häuser nicht mit Nummern, sondern mit Buchstaben bezeichnet.

383 // Kot & Köter. In Hamburg erscheint »Die ***Zeitschrift für den Deutschen Hundefeind***«.

384 // In die 430 Meter lange, weltweit ***größte Reparaturhalle für Fernbahnzüge*** passen acht Züge nebeneinander.

385 // DAS »SAFARI« AUF DER GROSSEN FREIHEIT WAR DAS DEUTSCHLANDWEIT LETZTE EROTIK-CABARET – ENDE 2013 SCHLOSS ES ENDGÜLTIG SEINE PFORTEN.

386 // Die ***Flughindernisbeleuchtung*** des Fernsehturms kann vom Flughafen aus gesteuert werden.

387 // 101 Jahre unterwegs! Im Internationalen Maritimen Museum befindet sich ***die älteste Flaschenpost*** der Welt. Inhalt: Eine dänische Postkarte von 1913. Das Gefäß überstand zwei Weltkriege und wurde am 4.3.2014 aus der Kieler Förde gefischt.

388 // Um ein Hamburger zu sein, muss man hier geboren sein. Um ***ein waschechter Hamburger*** zu sein, müssen mindestens bereits die Eltern gebürtige Hamburger gewesen sein.

389 // »ES LEBE DER SPRÜHLING« HEISST EIN BUCH ÜBER SEINE WERKE. DER WOHL STADTBEKANNTESTE SPRAYER »OZ« WURDE AM 25.9.2014 VON EINER S-BAHN ERFASST UND VERSTARB. ER SCHUF IN 30 JAHREN ÜBER 120.000 GRAFFITIS.

390 // ***Gunter Gabriel*** heißt eigentlich Gunter Caspelherr. Zum Künstlernamen Gabriel kam er durch die erste Ehe – seine Frau hieß Gabriele.

391 // Im ***Volksdorfer Wald*** findet man Champignons, Maronen und Steinpilze.

392 // 1703 erlaubte der Magistrat den Fischern, ihren ***Wochenendfang*** bis spätestens »des Sonntags Morgen bis die Glocke halbe neune« schlägt zu verkaufen, damit sie wegen der Verderblichkeit der Ware »nicht in eußersten Ruin gerathen«.

393 // Die höchste ***Hamburger Postleitzahl*** ist 27499.

394 // Eine Stunde ***Stau vor dem Elbtunnel*** kostet Speditionen rund 100 Euro pro Lkw.

395 // Mühlenrad um den Hals: Die weißen ausladenden ***Halskrausen*** der Pastorinnen und Pastoren bestehen aus bis zu 200 einzelnen Schleifen.

396 // ***Kleine Freiheit***. In Hamburg gibt es einen Erotikshop nur für Frauen. Unter anderem kann man dort auch Scheidungssekt kaufen.

397 // Die ***Große Freiheit*** wurde bereits 1611 in Altona angelegt – der Name der Straße hat einen religiösen Hintergrund. Die unabhängige Gemeinde tolerierte alle Religionen und praktizierte echte Glaubensfreiheit.

398 // Die ***klassische Aalsuppe*** bestand nicht aus Fisch – nur aus Gemüse, Backobst und Schinkenfleisch. Der Name erklärt sich durch den Begriff »aal's bin«, also »alles drin«. Außerdem wurde dazu auch Aalkraut (Bohnenkraut) verwendet.

399 // IN HAMBURG
LEBTEN 2013 INSGESAMT 64.250 HUNDE, DIE TÄGLICH 12,5 TONNEN HUNDEKOT ERZEUGTEN.

400 // Das ***Hamburger Staatsarchiv*** umfasst laaaaange 35.000 Regalmeter.

401 // Kein Witz: Bernhard Markwitz erfand 1964 die aufblasbaren ***Schwimmflügel***. Sein Startkapital waren 250.000 D-Mark, die er kurz zuvor im Lotto gewonnen hatte.

402 // DER NAME NIVEA LEITET SICH AB AUS DEM LATEINISCHEN NIVIUS UND BEDEUTET SCHNEEWEISS ODER DIE SCHNEEWEISSE.

---

403 // Wer nach seiner Geburt in die Hansestadt kommt und sesshaft wird, ist und bleibt ein ***»Quiddje«***, ein Auswärtiger.

404 // Hanseat kann man heutzutage gar nicht mehr werden. Denn ***Hanseaten*** sind Menschen, deren Vorfahren hier bereits vor Jahrhunderten als Reeder, Handwerker, Banker oder Kaufleute tätig waren.

405 // 100 Neugeborene erhielten 2013 in Hamburg mindestens ***drei Vornamen***.

406 // Die Wassertemperaturen im ***Sommerbad Altengamme*** steigen selten über 20 Grad. Es ist der kälteste Badesee der Stadt.

407 // Auf dem ersten ***Star-Club-Gedenkstein*** im Hinterhof auf der Großen Freiheit stand fälschlicherweise »Jimmy Hendrix« statt Jimi Hendrix.

408 // Jedes Jahr verlassen rund 500 Hamburger ***Jugendliche*** die Schule ***ohne Abschluss***.

409 // Der erste Hamburger »Tatort« hieß ***»Taxi nach Leipzig«*** und wurde 1970 ausgestrahlt.

CHANEL

410 // DIE SCHWIMMENDE GRANITKUGEL IM HANSE-VIERTEL HAT 211 ZENTIMETER DURCHMESSER UND WIEGT 13 TONNEN – SO VIEL WIE 52.000 STÜCK BUTTER.

---

411 // ***Der*** 1731 gegründete ***»Hamburgische Correspondent«*** war bis 1851 die meistgelesene Zeitung Europas und hatte mit 30.000 Exemplaren eine fünfmal so hohe Auflage wie die Londoner Times. Als Sensation galten Heiratsanzeigen.

412 // Ein Kontrabass (von Christoff Fleischer) aus dem Jahr 1657 gilt als ***das älteste*** datierte Hamburger ***Musikinstrument***.

413 // Der ***Tschechen-Hafen*** nahe den Elbbrücken ist bis 2028 noch souveränes tschechisches Hoheitsgebiet. Das Deutsche Reich musste nach seiner Niederlage den Tschechen einen zollfreien Zugang zum Meer ermöglichen. Pachtdauer: 99 Jahre.

414 // Die ***Hamburgische Münze*** ist die älteste Münzprägeanstalt Deutschlands.

415 // 241.670.000.000 Äpfel müsste man nebeneinander legen – ***das Alte Land*** ist mit 14.300 Hektar das größte zusammenhängende Obstanbaugebiet Mitteleuropas.

416 // Hamburg liegt auf demselben ***Längengrad*** wie Neu-Ulm und Cremona (Italien).

417 // In der Kirche Sankt Katharinen hat ***Johann Sebastian Bach*** auf der Orgel gespielt.

418 // Der »Unterhabit« des von den Pastorinnen und Pastoren getragenen »***Hamburger Ornat***s« besteht aus 17 Knöpfen, die an die Zehn Gebote und die sieben Bitten des Vaterunsers erinnern.

419 // Das erste Hamburger ***Seifenkisten-Rennen*** fand im Juni 1950 in Lohbrügge statt. Bereits ein Jahr später kamen 20.000 Zuschauer.

420 // ***Die*** wohl ***witzigsten*** Hamburger ***Straßennamen*** lauten: Irrweg, Milchstraße, Ellenbogen, Duschweg, Durchschnitt, Heimweg, Stinkbüdelsgang und Frustbergstraße.

421 // DIE S-BAHN BEFÖRDERT PRO WERKTAG 700.000 FAHRGÄSTE.

422 // Das ***Millerntor*** wurde 1626 zuerst aus Holz gebaut. Es war nur tagsüber geöffnet.

423 // ***Ernst Happel***, der erfolgreichste ***HSV***-Trainer aller Zeiten: »Sechs Jahre nur sind genug. Ich mag das nicht, wenn meine Enkel immer vom Opa Hamburg reden!«

424 // Hamburg hat mit Berlin die meisten ***Fernbahnhöfe*** Deutschlands.

425 // Das ***Krankenhaus*** Jerusalem in Eimsbüttel ist das weltweit einzige ***mit*** einem angeschlossenen ***Gourmet-Restaurant***. Das »Santé« steht sowohl Patienten als auch externen Gästen offen.

426 // 55.000 Einwohner kommen auf einen ***Baumarkt***.

427 // Döntjes. Die ***»Klein-Erna-Witze«*** gehen auf eine Schiffstaufe zurück, bei der es dem Mädchen Erna Nissen Anfang des 20. Jahrhunderts nicht gelang, eine Sektflasche am Rumpf zerspringen zu lassen. Dieses Missgeschick am Schiff »Klein Erna« nahmen zuerst ihre Brüder zum Anlass, sich weitere Anekdoten auszudenken .

428 // Die ***Rekordradarfalle*** Hamburgs 2013 stand an der Stresemannstraße – 79.455 Fahrzeuge wurden stadtauswärts, kurz vor der Neuen Flora, geblitzt. Die gesamten Bußgelder für Tempo-Überschreitungen bescherten der Stadt im selben Jahr Gesamteinnahmen in Höhe von 5,3 Millionen Euro.

429 // In der Stadt gibt es 50 ***Reithallen und*** über 4.000 ***Pferde***.

430 // 1448 wurde in Fuhlsbüttel Hamburgs ***erste Schleuse*** gebaut.

431 // In Hamburg geboren sind unter anderen folgende ***Musiker***: Wolf Biermann, Johannes Brahms, Sarah Connor, Jan Delay, Samy Deluxe, Bert Kaempfert, Felix Mendelssohn Bartholdy, Joachim Witt, Rolf Zuckowski.

432 // Die ***Gepäckförderanlage*** des Flughafens hat eine Kapazität von 9.300 Gepäckstücken pro Stunde.

433 // HÜHNERPOSTEN. NUR HÜHNER LEISTETEN DEM EINSAMEN, WEIT VOR DER STADT GELEGENEN WACHPOSTEN DAMALS GESELLSCHAFT. HEUTE BEFINDET SICH DORT DIE ZENTRALBIBLIOTHEK.

---

434 // Johann Hinrich Wichern gilt als ***Erfinder des Adventskranzes***. 1839 befestigte der Gründer des Waisenhauses »Das Rauhe Haus« auf einem hölzernen Wagenrad vier weiße Kerzen für die vier Adventssonntage sowie 19 rote Kerzen für die Wochentage vom ersten Advent bis Heilig Abend.

435 // Als letzter deutscher Staat führte Hamburg 1870 die ***Schulpflicht*** ein.

436 // In der Hansestadt gibt es den Verein »Hamburger Stadttauben e.V. – für ein friedliches Miteinander von ***Taube & Mensch***«. Er hat auf Facebook 442 Follower.

ZENTRALBIBLIOTHEK
ZENTRALBIBLIOTHEK
B

437 // 70 PROZENT ALLER DEUTSCHEN SEE-REEDEREIEN BEFINDEN SICH IN HAMBURG.

CHICAGO EXPRESS
HAMBURG
NYK LINE

438 // DER SPRUCH AUF DEM STÖRTEBEKER-DENKMAL AUF DEM GRASBROOK, DEM VERMUTETEN HINRICHTUNGSORT DES SEERÄUBERS (HEUTE HAFEN-CITY), LAUTET »GOTTES FREUND, DER WELT FEIND«.

439 // ***Der geografische Mittelpunkt*** Hamburgs befindet sich am Kuhmühlenteich in Uhlenhorst.

440 // Im 1961 gedrehten Kriminalfilm ***»Die toten Augen von London«*** von Edgar Wallace wurden einige Aufnahmen in der Speicherstadt gedreht und dem Publikum als Themseabschnitt untergejubelt. Die berühmte Wasserleichen-Szene entstand direkt vor dem Fleetschlösschen.

441 // ***Die erste uniformierte Feuerwehr*** Deutschlands gab es 1750 in der Hansestadt.

442 // IM »SALON HARRY«, DEM ÄLTESTEN FRISEURLADEN AUF ST. PAULI, LIESSEN SICH DIE BEATLES IHRE BERÜHMTEN PILZKÖPFE SCHNEIDEN.

443 // 2012 zogen 40 ***Luxemburger*** nach Hamburg – und 36 Hamburger nach Luxemburg.

CLAAS STÖRTEBEKER
GODEKE MICHELS
1401
GOTTES FREUND DER WELT FEIND

Salon
Harry
Herren-Friseur
Spezial Herren-Friseur

444 // Der ***Hochbunker*** in Eimsbüttel war früher mit Fassaden alter Fachwerkhäuser bemalt.

445 // Würde man die Börsenbrücke in Blickrichtung Commerzbank (Kreuzung Trostbrücke/Neß) entsprechend verlängern, würde die Linie exakt nach ***Mekka*** führen.

446 // ***Hamburg*** besitzt den ältesten deutschen ***Flughafen***.

447 // ***Eintracht Kopftuch gegen United Strumpfhose***: Am 01.01.1968 gab es das erste offizielle Frauenfußballspiel in Wilhelmsburg – trotz Verbots durch den DFB.

448 // IM ALTEN ELBTUNNEL BEFINDEN SICH 12.039 KUBIKMETER LUFT.

449 // In der Hansestadt haben sich über 450 ***chinesische Unternehmen*** niedergelassen, so viele wie fast nirgendwo in Europa.

450 // Ab 60 Minuten ***Verspätung*** wird den Fahrgästen des ***HVV*** 25 Prozent des Fahrpreises erstattet – Entschädigungsbeträge von weniger als vier Euro werden nicht ausbezahlt.

451 // Seit August 2014 kann man sich die ***Internet-Adresse .hamburg*** sichern – diese ist Einwohnern sowie in Hamburg ansässigen Firmen und Vereinen vorbehalten.

452 // DIE FASSADE DER ELBPHILHARMONIE BESTEHT AUS INSGESAMT 1.096 GEBOGENEN GLASELEMENTEN.

453 // In Kiel gibt es die Bushaltestelle ***»Hamburger Baum«***. Dort, an der Hamburger Chaussee, stand um 1830 ein Schlagbaum, an dem einst eine Wegegebühr erhoben wurde – daher die Bezeichnung.

454 // ***»Abaton«*** heißt Hamburgs ältestes Programmkino. Der Name wurde 1971 so gewählt, damit er bei den Kinoprogrammen alphabethisch immer an erster Stelle erscheint.

455 // Die Insel-Schule auf Neuwerk hatte im Schuljahr 2012/13 nur ***eine Lehrerin und eine Schülerin***.

456 // ***»Hamburger Veermaster«*** ist das älteste Lokal der Reeperbahn.

457 // So ein Scheiß: Die Gebrüder Ohlendorff importierten ab 1858 aus Peru tonnenweise Guano und verkauften den ***Vogelmist*** hier ***als Dünger***. Die Schietbarone gehörten zu den reichsten Kaufleuten Hamburgs.

458 // In der Hansestadt wurde Deutschlands erste ***Partnervermittlung für Behinderte*** gegründet.

459 // AUF DEM OHLSDORFER FRIEDHOF BEFINDEN SICH 450 LAUB- UND NADELGEHÖLZARTEN, 15 TEICHE UND ZWÖLF KAPELLEN.

460 // Mit 4.258 Metern ist die Hochstraße ***Elbmarsch*** die längste Straßenbrücke Deutschlands.

461 // § 2 des ***Hamburger Prostitutionsgesetzes*** besagt: »Sollte ein Kunde unzufrieden mit der erbrachten Leistung sein, wird dadurch keine Schadensersatzforderung gegen die selbständige Prostituierte begründet. Eine »Schlechtleistung« der Prostituierten ist also nicht möglich.«

462 // In der ***Knochenhauertwiete*** befanden sich alle Fleischereien das alten Hamburg. Die Metzger wurden früher als Knochenhauer bezeichnet.

463 // ÜBER FÜNF MILLIONEN AUSWANDERER ZOG ES ZWISCHEN 1850 UND 1939 VON DER BALLINSTADT IN DIE GROSSE WEITE WELT NACH ÜBERSEE.

---

464 // In Hamburg gibt es einen ***Brauterotik***-Fotografen. Er bietet Akt-Hochzeitsfotoshootings an.

465 // Der weltweit erste ***Friedhof für Fußballfans*** mit originalem Stadionrasen liegt in Altona, in der Nähe des HSV-Stadions. Er wurde 2008 eingeweiht.

466 // Hamburg hat Europas größten ***Rangierbahnhof*** mit 48 Gleisen.

BallinStadt

467 // UNTER DER MEHRFACH GESCHWUNGENEN LATERNENMAST-INSTALLATION AUF DEN MAGELLAN-TERRASSEN LEUCHTEN 49 LAMPEN.

468 // Das Schildkröten-Maskottchen der IGA 2013 wurde von derselben ***Puppenmanufaktur*** gefertigt, aus der auch »Bernd das Brot« und »Tabaluga« stammen.

469 // Rad und Tat: In der Hansestadt gibt es mit 1.700 Kilometern ***das größte Radwegenetz*** Deutschlands.

470 // Der Hamburger Johann Bernhard Basedow erfand ***das illustrierte Schulbuch***.

471 // Wie bei den alten Römern: Die Buchstaben ***SPQH***, die sich in Holzschnitzereien und auf Wandbestickungen im Rathaus befinden, sind die Abkürzung für ***»Senatus Popolusque Hamburgensis«*** – dem Senat und dem Volke Hamburgs.

472 // Ballin war der ***Erfinder der Kreuzfahrt***. Die erste Reise ging 1891 nach Istanbul, Damaskus und Kairo.

473 // Im Stadtgebiet gibt es circa 350 Modellwohnungen und ***165 bordellartige Betriebe***.

474 // Das Deutsche Zentrum für Luft- und Raumfahrt in der Sportallee führt Auswahl und Training von ***Wissenschaftsastronauten für Weltraummissionen*** durch.

475 // Im Hafen werden jedes Jahr circa 140 Millionen Tonnen umgeschlagen. Das ist ungefähr das Gewicht von ***28 Millionen Afrikanischen Elefanten***.

476 // ***Michael Schumacher*** ist ein am 15.01.1982 in Hamburg geborener Schauspieler.

477 // Kattegat Chartership führte 1972 die erste gewerbliche ***Seebestattung*** Deutschlands durch. Da »Charter« nicht ganz passte, wurde der Firmenname bald geändert in Seebestattungs-Reederei Hamburg.

478 // An der Straße ***Vorsetzen*** wurde 1677 des erste Kaffeehaus eröffnet. Man konnte sich aber nicht davor setzen, sondern musste innen sitzen.

479 // Der höchste Baum der Stadt ist ein 27 Meter hoher ***Urweltmammutbaum*** im Jenischpark.

480 // ***Kalle Schwensen***, das in Bayern geborene Original aus dem Rotlichtmilieu, hat auf seiner Internetseite unter der Rubrik »News« 16 Schriftsätze, Erklärungen und Urteile von Gerichten gegen ihn veröffentlicht – für jedermann zum mitlesen.

481 // In der Straße ***Brandsende*** hörte damals der große Brand von 1842 auf. Auf dieser Höhe kam die Feuerwalze zum Stehen und erlosch.

482 // ***Bananen-Fred*** kaufte einst die Früchte direkt vom Schiff, ließ sie in Luftschutzbunkern reifen und bot sie zunächst auf Ruinengrundstücken an.

483 // 1939 war der in Hamburg gebaute ***Schienenzeppelin*** der schnellste Zug der Welt. Er erreichte eine Spitzengeschwindigkeit von 230 Kilometern pro Stunde.

484 // Seit 2005 ist das ***Drachensteigen im Stadtpark*** nur erlaubt, wenn die maximale Leinenlänge unter 50 Metern bleibt, wenn der Drachen unter einem Kilogramm wiegt und wenn er keine Metallteile enthält.

485 // ***Das älteste*** datierte ***Hamburger Druckwerk*** befindet sich in der Staatsbibliothek – es ist die »Laudes beatae Mariae virginis des Johannes de Voragine« aus dem Jahr 1491.

486 // NUR GUCKEN, NICHT ANFASSEN! SEIT 1995 GIBT ES EINEN WEINBERG MIT 100 REBSTÖCKEN OBERHALB DER ST. PAULI LANDUNGSBRÜCKEN – GESTIFTET VON DEN WIRTEN DES STUTTGARTER WEINDORFS.

487 // Sauberei! 1856 hatte Hamburg ***das modernste Kanalisationssystem*** Europas – Dreck und Gestank auf den Straßen durch Fäkalien und Abwässer gehörten der Vergangenheit an.

488 // ***Straßennamen*** aus dem klassischen deutschen ***»Monopoly«*** gibt es auch in Hamburg: Museumsstraße, Lessingstraße, Schillerstraße, Goethestraße, Hafenstraße, Parkstraße, Seestraße, Poststraße, Elisenstraße.

ZUTRITT
FÜR
JUGENDLICHE
UNTER
18
UND
FRAUEN
VERBOTEN

489 // DIE HERBERTSTRASSE
DARF TROTZ VERBOTSSCHILDERN FÜR MINDERJÄHRIGE UND FRAUEN EIGENTLICH VON JEDERMANN BETRETEN WERDEN – SIE IST RECHTLICH GESEHEN EIN GANZ NORMALER ÖFFENTLICHER WEG.

490 // 28 Höhenmeter beträgt das ***Gefälle der Alster*** über die 53 Kilometer von der Quelle bis zur Mündung.

491 // Die ***»Hamburger Liedertafel«*** von 1823 ist der älteste Männerchor der Stadt.

492 // Die ***Speicherstadt*** ist der größte zusammenhängende Lagerhauskomplex der Welt.

493 // Hamburg hat mehr als 1.400 ***Parkanlagen***.

494 // MIT 7.000 QUADRATMETERN STEHT IN STELLINGEN DAS GRÖSSTE ZELT EUROPAS. ES ÜBERSPANNT DIE EIS- UND RADRENNBAHN.

---

495 // Ab 01.07.2014 ist es möglich, bei einem Umzug in eine andere Stadt sein ***Autokennzeichen HH »mitzunehmen«*** beziehungsweise zu behalten.

496 // Neun bis zwölf Monate dauert es, bis eine komplette ***Wachsfigur*** für das ***Panoptikum*** gefertigt ist.

497 // Der erste gedruckte ***Adventskalender*** »Weihnachtsuhr für Kinder« kam 1902 in Hamburg auf den Markt. Das Ziffernblatt umfasste die letzten zwölf Tage bis Heilig Abend. Auf den Feldern standen Lieder oder Bibelsprüche.

498 // An einem 07.07. ist ***Konny Reimann*** nach Texas gezogen. An einem 08.08. hat er mit dem Bau seines Leuchtturm-Hauses begonnen. Und am 09.09. plus einen Tag erblickte Hamburgs Promi-Auswanderer das Licht der Welt.

499 // Der Schankraum der ältesten Seemannskneipe ***»Zum Schellfischposten«*** war früher das Wartezimmer der Fischarbeiter, die auf die Eisenbahn, »Schnellfischbahn«, warteten. Heute wird hier unter anderem »Inas Nacht« produziert.

500 // Die ***Rolling Stones erhielten*** im Hotel »Vier Jahreszeiten« ***Hausverbot***. Sie hingen sich an die Kronleuchter und randalierten in ihren Zimmern.

501 // Der Bahnrekord auf der 480 Meter langen ***Hunderennbahn*** in Rahlstedt hält der Greyhound-Rüde »Thor vom Monarchenhügel« mit 28,24 Sekunden. Das sind über 61 Stundenkilometer!

502 // Etwa 100.000 ***Straßenbäume verkohlten*** bei Luftangriffen im Zweiten Weltkrieg oder wurden als Brennholz verheizt.

503 // IN HAMBURG STEHT DAS WELTWEIT EINZIGE GEWÜRZMUSEUM.

504 // Damit das Land nicht ***von der Elbe unterspült*** werden konnte, wurden vor hunderten Jahren hölzerne Abdeckungen vor die Ufer gesetzt. So kam »Vorsetzen« zu seinem Namen.

505 // Barrierefreie Einstiegsbereiche in den U-Bahn-Haltestellen sind durch ein ***Schachbrettmuster auf dem Bahnsteigboden*** gekennzeichnet.

506 // RECHTES GEGEN LINKES ALSTERUFER: RUND EINE MILLION SCHACHZÜGE GIBT ES JÄHRLICH BEIM WELTWEIT GRÖSSTEN SCHÜLER-SCHACH-TURNIER DER HAMBURGER SCHULEN.

507 // DER TRADITIONSSCHIFFHAFEN BESTEHT AUS SCHWIMMENDEN PONTONANLAGEN, DIE SICH MIT DEN GEZEITEN HEBEN UND SENKEN.

508 // 2010 gelang im Hafen ***der größte Drogenfund*** in Deutschland ever. Die Fahnder beschlagnahmten sieben Container mit 1.330.000 Kilogramm Koks – im Wert von rund 40 Millionen Euro. Die »heiße Ware« war in tausende Holzbriketts eingearbeitet.

509 // Der Dichter ***Friedrich Gottlieb Klopstock*** war eines von 17 Geschwistern. Sein ***Grabmal*** vor der Ottenser Christianskirche hat mit 17 Zeilen eine der längsten Inschriften überhaupt.

510 // ***Abwesenheitsnotitz eines Hamburger Medienschaffenden***: »Ich bin derzeit nicht im Büro, weil ich mit der netten Brünetten aus dem Sekretariat durchgebrannt bin und etwas Vorsprung vor meiner Frau benötige.«

511 // Den fünfthöchsten Kirchturm der Welt hat ***St. Nikolai*** – mit 147,88 Metern ist er nur 13,65 Meter niedriger als der höchste ***Turm***: der des Ulmer Münsters.

512 // Die Universität Hamburg bietet ***150 Studiengänge*** an.

513 // Der weiße Schwan: Die ***»Cap San Diego«*** liegt seit 1989 im Hafen und ist das größte fahrtüchtige Museumsschiff der Welt. Sie ist Nummer 1.406 der Hamburger Denkmalliste.

514 // 1678 eröffnete am Gänsemarkt ***die erste Oper Deutschlands***. Sie war von ihren Bürgern aus Brettern selbst gebaut worden. Gespielt werden durfte nicht an Sonnabenden, Sonntagen und Festtagen, in der siebenwöchigen Fastenzeit vor Ostern, in der Buß- und Bettagswoche und in den vier Adventswochen.

515 // Das ***Trinkwasser der Hansestadt*** wird ausschließlich aus Grundwasser gewonnen.

516 // 1870 wurde Hamburger ***Zeitungsverkäufern*** per Gesetz ***verboten*** allzu laut ***zu schreien*** und zu lärmen, um die gedruckten Nachrichten zu verkaufen.

517 // DAS FLEETSCHLÖSSCHEN WAR EINMAL EIN ZOLLHAUS, EIN FEUERWEHRPOSTEN UND SOGAR EIN TOILETTENHÄUSCHEN.

518 // Auf der Metallplatte in der ***Alsterquelle*** sieht man neben stilisierten Wolken und Wellen eine badende Nixe vor der Burg aus dem Hamburger Wappen, dazu den Spruch »Quellgrund der Alster«.

519 // Rekord: Die Fuhlsbütteler Straße 792 hat ***die höchste Hausnummer*** der Stadt.

520 // Die Sprache der Hanse war ***Plattdeutsch*** – auch im Ausland, wenn Geschäfte gemacht wurden.

521 // Treppauf, treppab. Die beiden Michel-Trompeter haben jährlich insgesamt 73.000 Höhenmeter zu überwinden. Die ***»Turmtüter«*** heißen Huhn und Thöne. Ei haste Töne!

522 // 1949 wurde am Berliner Tor in St. Georg auf 170 Quadratmetern der erste ***Supermarkt mit Selbstbedienung*** in Deutschland eröffnet.

523 // 100 Gramm ***Labskaus*** hat 169 Kilokalorien.

524 // MIT DREI VERANSTALTUNGEN (FRÜHLING, SOMMER, WINTER) IST DER DOM DAS LÄNGSTE VOLKSFEST DEUTSCHLANDS.

---

525 // ***Das erste Turnfest*** der Bundesrepublik fand 1953 in Hamburg statt. Von den 60.000 Besuchern waren 20.000 Aktive.

526 // ***Aus Nordersand wurde Steinwerder*** – weil man auf der Insel nach dem Stadtbrand von 1842 den Steinschutt abgebrannter Häuser aufschüttete. Nomen ist Omen.

527 // ***Loriot*** suchte Mitte der 1970er Jahre eine füllige Schauspielerin für die Figur »Frau Hoppenstedt«. ***Evelyn Hamann*** bewarb sich, war sehr schlank und weigerte sich mehrere Wochen lang Schweinshaxen auf Kosten der Produktion zu essen. Sie wurde trotzdem engagiert.

528 // Die ***Prügelstrafe*** wurde in Hamburg 1969 ***abgeschafft*** – 14 Jahre früher als in Bayern.

529 // »Hello Max« war mit 19 Jahren ***das älteste Pferd***, das jemals das ***Spring-Derby*** gewann. Nach dem Sieg beim schwersten Parcours der Welt wurde es 2013 umgehend in den Ruhestand verabschiedet.

530 // Warme Füße dank ***Fußbodenheizung*** gibt es in den Hallen der größten deutschen Beach-Volleyball-Anlage ***in Dulsberg***. Sie liegt unter 40 Zentimeter hohem Sand.

531 // Hamburg ist die Hauptstadt mit den meisten ***Familienunternehmen***.

532 // ÜBER 12.000 TONNEN LAUB WERDEN JÄHRLICH VON GEHWEGEN, FAHRBAHNEN UND GÄRTEN ENTSORGT. DA BISTE BLATT.

---

533 // Der älteste Turnverein der Welt: ***HT 16*** – die »Hamburger Turnerschaft von 1816« im Stadtteil Hamm.

534 // AUF DEM OHLSDORFER FRIEDHOF GIBT ES EIN DENKMAL FÜR DIE »ZUERSTBEERDIGTEN«. ES WAREN VERSTORBENE AUS DEM ALLGEMEINEN KRANKENHAUS ST. GEORG, DEREN ANGEHÖRIGE SICH KEINE SEPARATEN GRABSTÄTTEN LEISTEN KONNTEN.

---

535 // ***John Jahr*** war der älteste deutsche Sportler bei Olympia in ***Sotschi***. Der 48jährige hatte sich als Skip für das Curling-Team qualifiziert.

LAUBSACK

Im Jahre 1877 am 1. Juli
ist dieser Friedhof unter
Einsegnung der ersten drei Särge
neben diesem Stein feierlich eröffnet.

536 // In der Hansestadt leben sieben Prozent der deutschen ***Facebook-Nutzer***.

537 // 2.400 Hamburger besitzen einen ***Jagdschein***.

538 // Beim Feuerwerk zum jährlichen ***Kirschblütenfest*** werden vor allem 40 bis 200 Millimeter große Kugel- und Zylinderbomben aus Italien und Taiwan in den Himmel geschossen.

539 // 170.000 LITER WASSER FLIESSEN MIT EINEM DRUCK VON SECHS BAR PRO STUNDE DURCH DIE ALSTERFONTÄNE.

---

540 // Mitte der 1960er Jahre nahmen ***Freddy Quinn und*** der gebürtige Barmbeker ***Bert Kaempfert*** in den USA den Song ***»Blue Spanish Eyes«*** auf – und kamen dort unter die Top 40. Ihre deutsche Plattenfirma Polydor war sauer über das »Fremdsingen« und nahm den Titel vom Markt. Mit Al Martino wurde der Titel später ein Welthit.

541 // In Hamburg stehen jedem Einwohner im Durchschnitt 36 ***Quadratmeter Wohnfläche*** zur Verfügung. Der Bundesdurchschnitt liegt bei 42 Quadratmetern.

542 // Knapp 50 Schauspieler verbreiten im ***Dungeon*** Angst und Schrecken.

543 // ***Hulopo***. Der »Hundert-Loch-Pokal« ist eines der verrücktesten Golf-Turniere der Welt. Spieldauer: ein Tag nonstop. Zurückgelegte Strecke: über 45 Kilometer.

544 // Die erste ***Wasserschutzpolizei*** der Welt wurde 1787 in Hamburg gegründet.

545 // Bei ***Hochwasser*** weist die Elbe eine Tiefe von 16,3 Metern auf.

546 // Wasser marsch: Die ***Abwasserentsorgung*** besteht aus 217.502 Hausanschlüssen und einer Kanallänge von über 5.500 Kilometern.

547 // In der Stadt Hamburg in Arkansas/USA gibt es jedes Jahr beim Armadillo Festival ein ***Gürteltierrennen***.

548 // ***Kiez*** kommt aus dem Slawischen und bedeutet »Ort, wo die Fischer wohnen«. Später entstand daraus das Synonym für »ärmliche Vorstadt«.

549 // ÜBER 700! HAMBURG HAT DIE MEISTEN TEMPO-30-ZONEN IN DEUTSCHLAND.

---

550 // Die Kattwygbrücke ist mit einer Durchfahrtshöhe von 53 Metern ***die größte Hubbrücke*** der Welt.

30
ZONE
Wohngebiet

551 // ***150.000 Blumen*** auf drei Quadratmetern wurden von den Modellbauern des Miniatur Wunderlandes im kleinsten Garten der Welt untergebracht.

552 // Der Großteil der acht ***Jerry-Cotton-Filme*** wurde zwischen 1965 und 1968 in Hamburg gedreht, obwohl der FBI-Agent seine Fälle in New York löst. Dafür wurden Hamburger Straßenzüge umgestaltet, sogar die »New Yorker Metro« fuhr auf der Linie der heutigen U2 vom Berliner Tor aus nach Niendorf.

553 // Auf dem ***Grabstein von Heidi Kabel*** ist der plattdeutsche Spruch eingraviert: »To't Leben hört de Dood« (Zum Leben gehört der Tod).

554 // Die Verlegung eines komplett neuen ***Rasen***s im Fußballstadion ***des HSV kostet*** jedes Mal rund 100.000 Euro.

555 // Im Jahr ***1964*** erreichte Hamburg mit ***1,9 Millionen Einwohner***n den bislang höchsten Bevölkerungsstand.

556 // ***»Sillem's Bazar«*** hieß die erste große Einkaufspassage Deutschlands, die 1843 mit viel Gold und Marmor fertiggestellt wurde. Heute steht auf dem Grundstück der Hamburger Hof.

557 // NUR NEW YORK HAT WELTWEIT MEHR KONSULATE – JEDOCH NUR ZEHN MEHR ALS DIE HANSESTADT MIT IHREN INSGESAMT 96 VERTRETUNGEN.

---

558 // Die ***Strandperle*** war um 1900 eine Milchhalle.

559 // Im Hamburger Telefonbuch stehen zehn ***Grafen und*** vier ***Gräfinnen***.

560 // ***Bergedorf*** hatte von 1861-1867 eine eigene ***Post*** - sie stellte nur im Ort selbst zu. Ungestempelte Briefmarken sind heute bis zu 12.000 Euro wert.

561 // Elf ***Müllmänner*** der Stadtreinigung ***erhielten*** 2012 den ***»Silbernen Löwen«*** in Cannes. Sie fotografierten ihre Lieblingsorte der Stadt mit einer selbst konstruierten Mülltonnen-Lochkamera und setzten sich so gegen 1.130 weitere Konkurrenten aus 61 Ländern durch.

562 // ***Elbe*** (lateinisch ***albia***) bedeutet »helles Wasser«.

563 // ***»Sportspass«*** ist der größte Verein Deutschlands. Er hat über 73.000 Mitglieder. Denn man tau!

564 // 1558 startete ***die Hamburger Börse*** – es wurde unter freiem Himmel gehandelt.

565 // Das Standesamt Eimsbüttel bietet an: ***Hochzeit*** zwischen wirklich großen Tieren – mitten ***in Hagenbecks Tierpark***.

566 // Das ***Franzbrötchen*** hat eine eigene ***Hymne***.

567 // Das ***Franzbrötchen*** heißt ***in Lüneburg*** »Hamburger«.

568 // Ein ***Ellenknochen*** aus Harburg gilt als der nördlichste Fund eines eiszeitlichen ***Höhlenlöwen*** in Deutschland.

569 // Das ***Millerntor-Stadion*** hatte als erstes in Deutschland eine ***Flutlichtanlage*** mit vier Masten.

570 // Die erste Städtepartnerschaft wurde 1957 mit St. Petersburg geschlossen. Die weiteren ***Partnerstädte*** sind Marseille, Shanghai, Dresden, Léon, Osaka, Prag, Dar es Salaam und Chicago.

571 // 1972 in Hamburg: Erstmals in Deutschland konnten Frauen ***Busfahrerin*** werden.

572 // DAS METRO-BUS-LINIENNETZ DES HVV UMFASST 576 HALTESTELLEN.

---

573 // Hamburg hat mit noch 700 vorhandenen Schutzräumen die meisten ***Bunker*** Deutschlands.

574 // Die ersten öffentlichen ***Toiletten mit Abflüssen*** wurden 1856 gebaut.

575 // Bis dahin gab es in Hamburg sogenannte ***»Abtrittanbieter«.*** Sie gingen mit großen Holzeimern, die an einem Joch hingen, durch die Straßen. Unter ihrem weiten Umhang konnte man dann in der Hocke sein »Geschäft« verrichten.

576 // Das ***Privatvermögen*** in der Hansestadt nimmt pro Minute um 25.000 Euro zu.

577 // ***Siegfried Lenz*** lehnte in den 1970er Jahren das ***Bundesverdienstkreuz*** mit dem Hinweis ab, dass er Bürger einer Hansestadt sei. In Wahrheit wollte er keinen Orden, den auch ehemalige Nazis bekommen haben.

578 // Am 15.06.2014 wurde Thor geboren – im Tierpark Hagenbeck gab es die erste ***Walrossgeburt*** Deutschlands. Die stolzen Eltern des kleinen Bullen: Walrosskuh Dyna und Vater Odin.

579 // Läuft's? Durch Hamburg führen die europäischen ***Fernwanderwege*** E1 und E9. Der E1 verläuft vom Nordcap bis nach Salerno/Italien. Der E9 startet in Portugal und führt an den Küsten des Atlantiks, der Nordsee und der Ostsee entlang bis nach Estland.

580 // Auf dem ***Winterhuder Marktplatz*** befindet sich eine Bodenmarkierung, welche die Lage des zehnten Längengrads anzeigt.

581 // Auf dem Bürgersteig am südlichen Ufer der Binnenalster flanierten früher am Wochenende die wohlhabenden ***Familien mit*** ihren ***unverheirateten Töchtern***. So kam der Jungfernstieg zu seinem Namen.

582 // IN DER STADT GIBT ES RUND 150 FAHRRAD-AUSLEIHSTATIONEN.

---

583 // ***Hamburg*** liegt südlicher als ***Liverpool***.

584 // Würde man von Hamburg aus ***ein Loch durch den Mittelpunkt der Erde*** bohren, käme man auf der anderen Seite im Südpazifischen Ozean heraus. Der nächste bewohnte Ort ist die Vulkaninsel »Antipodes Island« südöstlich von Neuseeland.

585 // Sorgen-Tier des Monats September 2014 war ***Chinchilla-Dame Simone***, die in Jenfeld in einem Kleingartenverein ausgesetzt und vom Hamburger Tierschutzverein gerettet wurde.

586 // Bereits seit 1999 liefern 100.000 ***Bienen als »Biodetektive«*** am Flughafen rund 150 Kilogramm Honig. Von Mai bis Spätsommer kann man so die Umweltbelastung des Luftraumes prüfen.

587 // ***Heinrich Heine*** absolvierte in Hamburg eine Banklehre.

588 // Der ***HSV*** errang in der Saison 2013/14 etliche ***Negativrekorde*** – darunter die meisten Niederlagen (21), die wenigsten Siege (7) sowie die meisten Gegentore der Vereinsgeschichte (75).

589 // Die stillgelegte U434 im Hafen war ***das größte*** nicht-nukleare ***Spionage-U-Boot*** der Welt.

HIER WOHNTE
ANITA RÉE
JG. 1885
FREITOD
AM 12.12.1933 IN
KAMPEN/SYLT

590 // SEIT 2002 GIBT ES
STOLPERSTEINE IN HAMBURG.
BIS 2014 WAREN ES 4.706 STÜCK.

591 // ERZENGEL MICHAEL, DER ÜBER DEM EINGANG DES MICHELS ALS BRONZEFIGUR DEN TEUFEL IN FORM EINES DRACHENS BESIEGT, IST SCHUTZPATRON DER DEUTSCHEN SOWIE DER KATHOLISCHEN KIRCHE UND DER VATIKANISCHEN GENDARMERIE.

---

592 // Im Winter 1813/14 dienten die ***Hauptkirchen*** den Truppen Napoleons ***als Pferdeställe***.

593 // Mit einer Million Tonnen jährlich ist Hamburg der größte Handelsplatz der Welt für Kaffee. Das sind circa ***1,4 Milliarden Kaffeebohnen***.

594 // Das ***»Matthiae-Mahl«*** im Rathaus ist das älteste Festmahl der Welt - es wird seit 1356 begangen. Im Mittelalter wurde am Matthiae-Tag der Frühlingsanfang eingeläutet. Jahr für Jahr polieren sieben Angestellte eine Woche lang das Silberbesteck.

595 // Am 15.06.1859 nahm ***der erste Schraubendampfer*** in Hamburg auf der Alster seinen Betrieb auf.

596 // Wenn man beim Hamburger ***Polo-Club***, dem ältesten Deutschlands, Mitglied werden möchte, benötigt man hierfür zwei Bürgen.

597 // Hamburg hat 188 ***Fußballvereine***.

598 // Im Film ***»Auf der Reeperbahn nachts um halb eins«*** trinkt ein Pferd ein Glas Bier, während Hans Albers sein berühmtes Lied singt.

Hacker-Pschor
ZUR Ritze

599 // DIE WEIT GESPREIZTEN FRAUENBEINE AM EINGANG DER KIEZ-KNEIPE »ZUR RITZE« STEHEN 396 ZENTIMETER AUSEINANDER. DIE DAZUGEHÖRIGE DAME WÄRE UMGERECHNET UM DIE ZEHN METER GROSS.

600 // Die ***Elbtunnelfeuerwehrwache*** besitzt neben Löschfahrzeugen und Rettungswagen auch zwei Motorroller.

601 // Die ***Kesselklopfer*** des Hafens benutzten Mitte des 19. Jahrhunderts eine Sondersprache - die ***Kedelkloppersprok***. Hafenarbeiter und Kiezbewohner machten sie später zu einer Art Geheimsprache.

602 // In Hamburg gibt es 365 ***Werbeagenturen***.

603 // DER WASSERTRÄGER JOHANN WILHELM BENTZ (1787-1854) WOHNTE IN DER NEUSTADT, GROSSE DREHBAHN 36, ALS NACHFOLGER DES BEI VIELEN STRASSENKINDERN BELIEBTEN STADTSOLDATEN CHRISTIAN HUMMEL. UM BENTZ ZU ÄRGERN, RIEFEN SIE IHM OFT EIN »HUMMEL, HUMMEL« ZU. ER ANTWORTETE MIT »MORS, MORS« – DIE ABKÜRZUNG VON »KLEI MI AN'N MORS«, WAS DEM ZITAT DES GÖTZ VON BERLICHINGEN GLEICHKOMMT.

---

604 // Als Mittelloser wurde Bentz auf Kosten der Stadt in einem schlichten, flachen ***Sarg*** bestattet - allgemein als ***»Nasenquetscher«*** bezeichnet.

605 // Die ***Köhlbrandbrücke*** besteht aus 88 bis zu zehn Zentimeter starken ***Stahlseile***n.

606 // ***»Puff«*** war ein altes Würfelbrettspiel, das man in Gasthäusern spielte, in denen Prostituierte ihre Dienste anboten.

607 // ***Der häufigste Familienname*** ist Schmidt. Danach folgen Müller, Schulz, Meyer, Hansen, Schroeder, Meier, Neumann, Schneider und Schwarz.

608 // Das ***Rathaus*** hat sechs Räume mehr als der ***Buckingham Palace***. Insgesamt sind es 647 Zimmer.

609 // Der Hamburger ***Milchkarrenhund*** wurde früher als Zugtier vor einen Holzkarren gespannt, um Kannen mit frischer Kuhmilch auszuliefern.

610 // Der Leuchtturm ***»Oberfeuer Blankenese«*** auf dem Kanonenberg hat Position 53° 33,4'N / 09° 49,0' E.

SHOP

611 // Die ***Verfassung der Freien und Hansestadt Hamburg*** besteht aus 77 Artikeln.

612 // Die Eltern der Physikers ***Heinrich Hertz*** konvertierten vom Judentum zum Christentum – Heinrich wuchs im lutherischen Glauben auf. In der NS-Zeit wollte man die nach ihm benannte Einheit für die Frequenz »Hertz« wegen seiner jüdischen Abstammung in »Helmholtz« umbenennen.

613 // Gegen Schietwetter: ***Carola Vertein*** ist eine der letzten ***Schirmmacherin***nen in Deutschland.

614 // ***Walter Spahrbier***, der Glückspostbote bei Peter Frankenfeld (Vergißmeinnicht/Aktion Sorgenkind) und Wim Thoelke (Der große Preis), war im echten Leben ***Geldbriefträger***.

615 // IM FANSHOP DES FC ST. PAULI GIBT ES HUNDENÄPFE MIT TOTENKOPF.

616 // Für den Sportbootführerschein See müssen rund 340 Fragen beantwortet werden. Für den ***Binnenschein*** sind es noch einmal so viele.

617 // Im Zentralen ***Fundbüro im Bezirksamt Altona*** werden jährlich bis zu 50.000 Fundsachen registriert und verwahrt.

618 // Die 450 Kilogramm schwere wasserspeiende ***Bronze-Plastik von Walross Antje*** wurde bereits zwei Jahre vor ihrem Tod enthüllt.

619 // Die Bezeichnungen der beiden ***Start- und Landebahnen*** am Airport lauten 05/23 und 15/33.

620 // ***»Fischmarktlöwen«*** nannte man früher Gelegenheitsarbeiter, die sonntags wie Raubtiere am Fischmarkt herumschlichen und nach kleinen Jobs Ausschau hielten.

621 // IMMER SCHÖN AUF DEM BODEN BLEIBEN: AM AIRPORT KANN MAN IM PRIVATFLUGZEUG HEIRATEN, ALLERDINGS NUR AUF DEM ROLLFELD. ERST NACH VOLLZOGENER TRAUUNG DARF MAN ABHEBEN – ENTWEDER DIREKT IN DEN SIEBTEN HIMMEL ODER ZU EINEM RUNDFLUG ÜBER HAMBURG.

622 // ***Hamburger Männer sind*** mit durchschnittlich 1,875 Metern ***die größten*** in Deutschland.

623 // Im Deutschen Klimarechenzentrum steht einer der stärksten ***Supercomputer*** der Welt. Der ***»Blizzard«*** schafft unvorstellbare 158 Billionen Rechenoperationen – pro Sekunde.

624 // ***Aale-Dieter*** lernte ursprünglich Maschinenbauer, war Verkäufer bei einer Kaffeefirma und hat eine klassische Gesangsausbildung.

625 // DIE BERUFSFEUERWEHR IN BARMBEK HAT MIT 26.000 EINSÄTZEN DIE MEISTEN DEUTSCHLANDWEIT – IM SCHNITT GIBT ES ALLE 19 MINUTEN EINEN ALARM.

626 // Hamburg besitzt an der Rothenbaumchaussee das einzige reine ***Taxameter-Museum*** Deutschlands.

627 // Die ***Vorwerkstraße*** hieß früher Asylstraße. Johann Friedrich Vorwerk gründete hier 1866 seinen Stift für Freiwohnungen.

628 // ***Hamburg jagte Piraten*** im Auftrag der Hanse. 1433 eroberte man die damalige Piratenhochburg Emden.

629 // 1998 bis 2000 betrieb Hamburgs berühmteste Prostituierte Domenica Niehoff eine kleine ***Kneipe*** am Hamburger Fischmarkt mit dem Namen ***»Fick«***.

630 // Das echte ***»Alsterwasser«*** besteht aus zwei Dritteln Bier und einem Drittel Zitronenlimonade.

631 // Der ***Süllberg*** war bis um 1850 eine Heidelandschaft, auf der Schafe weideten.

632 // ***Wolfgang Borchert*** starb einen Tag bevor sein Werk »Draußen vor der Tür« in den Hamburger Kammerspielen am 21.11.1947 uraufgeführt wurde.

633 // 99 Prozent der ***Hamburger*** wohnen nicht mehr als 300 Meter von einer ***Haltestelle*** entfernt.

634 // In Hamburgs ***Partnerstadt Marseille*** gibt es ein Restaurant »Michel«.

635 // DIE HÄLFTE ALLER HAMBURGER EHEPAARE HAT KEINE KINDER.

636 // Die krankheitsbedingten ***Fehlzeiten*** der hamburgischen Verwaltung beliefen sich 2013 auf 8,7 Prozent.

637 // Die ***Harley Days*** sind Europas größtes Biker-Treffen.

638 // Der Harvestehuder Weg ist ***Hamburgs teuerste Straße*** – mit Preisen bis zu 16.000 Euro pro Quadratmeter.

639 // Im 16. und 17. Jahrhundert stachen fast alle Auswandererschiffe von Hamburg aus in See. Aus dem Rundstück (***Schweinebraten mit Soße in einem Brötchen***), das die Emigranten aus der Heimat mitbrachten, wurde in der Neuen Welt das »Hamburger beef steak« und schließlich der weltbekannte »Hamburger«.

640 // Annaliese Teetz war Deutschlands ***erste Kapitänin***. Sie bekam von Adolf Hitler eine Sondergenehmigung und erhielt 1943 von der Hamburger Seefahrtschule das Steuermannspatent.

641 // Die ***Sankt-Jacobi-Kirche*** ist so hoch wie etwa 42 ***Eisbären***.

642 // Das ***A&O Hostel City Süd*** in der Spaldingstraße ist mit 2.000 Betten das größte der Welt.

643 // Der in Hamburg geborene Schauspieler, Autor, Sänger und Produzent ***Jürgen Vogel*** besuchte einen einzigen Tag die Schauspielschule.

644 // EUROPAS SPITZESTEN FASSADENWINKEL EINES GEBÄUDES HAT DAS CHILEHAUS.

---

645 // 1664 wurden ***Höckerschwäne*** unter besonderen Schutz gestellt. Wer sie beleidigte, verletzte oder tötete, wurde entsprechend bestraft.

646 // Die erste ***Liebeskummer-Praxis*** Deutschlands wurde 2003 in der Hansestadt gegründet.

647 // Das Wort ***»Hamburger«*** kann sich nicht von dem englischen ***»ham«*** ableiten, weil der beliebte Fleischklops nicht aus gehacktem Schinken hergestellt wird.

648 // 120 ***Sachbeschädigungen*** werden durchschnittlich jeden Tag im Hamburger Nahverkehr begangen.

649 // Beim ***Blitzmarathon*** 2014 haben 486 Polizeibeamte an 304 Standorten 259.346 Fahrzeuge kontrolliert und dabei 2.351 Geschwindigkeitsverstöße festgestellt.

650 // Acht Prozent der Landesfläche Hamburgs stehen unter ***Naturschutz***. Absoluter Rekord in Deutschland.

651 // Hamburg besitzt über ***123.000 Beleuchtungsanlagen*** für Straßen, Wege, Plätze sowie für öffentliche Bauwerke.

652 // ***Gastfreundlichkeit*** groß geschrieben: 250.000 Menschen aus 125 Nationen arbeiten und leben in der Hansestadt.

653 // Hamburg hat zwölf ***bewegliche Denkmäler***.

654 // ***Ampeln mit Restzeitanzeige*** bis zur nächsten Grünphase gab es zuerst nur in der Hansestadt.

655 // Hamburg ist neben München die einzige Stadt in Deutschland, die in U-Bahnhöfen ***Bahnsteigkarten*** verkauft. Sie ***kosten 0,30 €*** und berechtigen eine Stunde lang zum Betreten des gekennzeichneten Bahnbereichs der Haltestelle, an der man sie gelöst hat.

656 // Das ***»Cuneo«*** in der ***Davidstraße*** ist das älteste italienische Restaurant Deutschlands. Schon 1905 wurden hier Gastarbeiter bewirtet, die am Bau des Alten Elbtunnels beteiligt waren.

657 // Der »Hamburger und Germania Ruder Club« ist ***der älteste Ruderclub*** des Kontinents.

658 // Autsch! In Hamburg gibt es 34 ***offizielle SM-Studios***.

659 // Das Hanseatische Oberlandesgericht hat 2010 festgestellt, dass der ***Eierbecher »eiPott«*** die Markenrechte von Apple verletzt.

660 // DIE WANDELHALLE BETRETEN

TÄGLICH 450.000 BESUCHER UND REISENDE.

661 // ES GIBT KEINE WEIBLICHEN HAFENLOTSEN. ALLE 75 HAFENLOTSEN SIND MÄNNER.

CONSTANT

662 // ***Die tiefste Bodenstelle*** liegt mit 0,8 Metern unter Normalnull im Stadtteil Neuenfelde.

663 // Ab 1868 gab es in Hamburg Deutschlands ersten verlässlich funktionierenden ***Sturmwarndienst***.

664 // ***Der älteste Leuchtturm*** Deutschlands steht auf Neuwerk. Als Wehrturm 1310 fertiggestellt, wurde er 1814 zum Leuchtturm umgebaut – und zuerst mit Rüböl, danach mit Petroleum und ab 1942 elektrisch betrieben.

665 // Jeder Einwohner ist im Jahr 2013 durchschnittlich ***2.350 Kilometer mit*** den ***öffentlichen Verkehrsmitteln*** gefahren.

666 // Hamburg ist die einzige Millionenstadt Deutschlands, in der ***Störche*** brüten.

667 // Ursprünglich sollte ***das Maskottchen des HSV*** einmal eine Hummel werden - wegen dem Bezug zum hanseatischen Gruß »Hummel, Hummel«. Die Figur wurde von den Fans jedoch abgelehnt.

668 // Fast ***500 Speise- und Getränkekarten*** hatte die Davidwache in den 1970er Jahren von allen Clubs St. Paulis gesammelt - so konnte man geprellte Kunden über die wahren Preise aufklären und entsprechend einschreiten.

669 // IN HAMBURG GIBT ES HEUTE NOCH RUND 30 IN BETRIEB BEFINDLICHE PATERNOSTER.

670 // 1886 wurde der erste ***Paternoster*** auf dem europäischen Festland im neu errichteten Kontorhaus Dovenhof in Betrieb genommen. Dieser Umlaufaufzug wurde mit Dampfkraft betrieben.

671 // In der Hansestadt gibt es 8 877 ***Straßen und Plätze***.

672 // Die ***Panoramascheiben*** im 20. Stock des ***»Empire Riverside«*** Hotels sind Spezialanfertigungen und wiegen pro Stück sage und schreibe acht Tonnen.

673 // DIE PONTONANLAGE
»ST. PAULI LANDUNGSBRÜCKEN« UMFASST NEUN BRÜCKEN UND IST 688 METER LANG.

674 // IN DER STADT GIBT ES 9.000 ROTE MÜLLEIMER, DIE KREATIV FÜR ABFALL WERBEN.

Stille Eimer sind tief.
HAMBURG IST UMWELTHAUPTSTADT EUROPAS 2011.
www.stadtreinigung-hh.de
Kippen gehören eingelocht!
WIR GEBEN DEM MÜLL EINEN KORB.
www.stadtreinigung-hh.de

675 // In der Handwerkskammer stehen für Veranstaltungen ein ***Bauhüttensaal***, ein ***Tischlerzimmer*** und ein ***Meisterzimmer*** zur Verfügung.

676 // Auf der ***Trabrennbahn*** gibt es viele Speisen, Spezialitäten und Snacks - aber eines nicht: Pferdefleisch.

677 // Die erste gemeinsame deutschlandweite ***Ziehung der Lottozahlen*** »6 aus 49« aller Bundesländer erfolgte am 09.10.1955 im Hotel »Mau«.

678 // Jeder 2061. Hamburger ist ***Einkommens-Millionär***.

679 // Für alle Felle! Waschen, knurren, schütteln: An der Reeperbahn-Tankstelle direkt neben der Autowaschanlage stand Deutschlands erste ***Waschkabine für den Hund*** mit Kurz-, Medium- oder Langwäsche. Wuff.

680 // In Harburg lebt und arbeitet ***Deutschlands erster Kilt-Schneider***. Für die Schottenröcke stehen über 400 Muster zur Auswahl.

681 // ***Labello*** wurde 1909 in Hamburg entwickelt und beworben als »Weiße Lippenpomade«.

682 // Rund ***250 Prostituierte*** sind ***in der Herbertstraße*** tätig. Genau so viele wie es Katzen pro Quadratkilometer in Hamburg gibt.

683 // Der Verein Horner Marsch ist die ***größte Gartenkolonie*** Deutschlands.

684 // Alle 87 freiwilligen ***Feuerwehren*** unterstehen der Behörde für Inneres und Sport. Die Mitarbeiterzeitschrift heißt ***»Löschblatt«.***

685 // Das Hamburger Hafenkonzert (sonntags von sechs bis acht Uhr) des NDRs ist ***die älteste Radiosendung*** der Welt.

686 // In der Stadt ***Hamburg in Iowa/USA*** sind die Querstraßen nach dem Alphabet bezeichnet: A-Street, B-Street, C-Street ...

687 // Täglich werden rund 2.500 Anzeigen wegen Falschparkens ausgestellt. Und Hamburg hat ***die höchsten Abschleppkosten*** Deutschlands. Mit durchschnittlich 260 Euronen ist man dabei.

688 // 1879 wurde ***der erste deutsche Ringerverein*** gegründet – der Wandsbeker Athleten-Club.

689 // Seit 2010 gibt es einen gesetzlichen Rechtsanspruch auf ***kleine Schulklassen*** – in den Klassen eins bis sechs dürfen höchstens 23 Schüler unterrichtet werden.

690 // Immer gut behandelt: In der ***Hansestadt*** gibt es 593 Chirurgen, 441 Orthopäden, 290 Neurologen und 186 Urologen. ***Gesundheit***!

691 // 1967 fand ***die erste Auswechslung der Bundesligageschichte*** statt. HSV-Torwart Öczan hatte sich den kleinen Finger gebrochen, für ihn kam Erhard Schwerin zwischen die Pfosten.

692 // REEPERBAHN IST DIE BEZEICHNUNG FÜR EINE 300 BIS 400 METER LANGE STRECKE ZUR HERSTELLUNG VON SCHIFFSTAUEN DURCH TAUMACHER BEZIEHUNGSWEISE SEILER. DER REEPSCHLÄGER MUSSTE EINZELNE REEPE (TAUE) AUS HANF, FLACHS ODER STRANDHAFER ZU DICKEREN TROSSEN VERFLECHTEN.

693 // Eine Urkunde für das ***Sportabzeichen*** kostet beim Hamburger Sportbund drei Euro.

694 // Die ***Miss-Wahlen*** wurden 1909 in Hamburg erfunden.

695 // Noch um den Jahrtausendwechsel wurden von Prostituierten ***über 1.000 Anzeigen*** in Tageszeitungen geschaltet – mittlerweile wird vor allem über das Internet geworben.

696 // Während den ersten Internationalen Deutschen ***Tennismeisterschaften*** 1892 am Rothenbaum brach in Hamburg die ***Cholera*** aus. Das Turnier wurde für einen Monat unterbrochen. Dann spielten die Gesunden weiter.

697 // Im Park Fiction (Antonipark) gibt es einen ***Seeräuberinnen-Brunnen***.

698 // Der ***Leiter der Hamburger Wasserschutzpolizei*** hat weder einen Segelschein noch ein Kapitänspatent. Aber er kann schwimmen.

699 // Drei ***Physiker*** der Hamburger Uni erhielten den ***Nobelpreis***.

700 // ***Gustaf Gründgens*** hatte ***Mephisto*** schon mehr als 600-mal selbst gespielt, bevor er »Faust« 1957 im Schauspielhaus als Intendant in Szene setzte.

701 // Der Name ***»Rother Baum«*** geht auf einen roten Schlagbaum zurück, der zur Zeit der Stadtbefestigung eine Kontrollstelle für Ein- und Ausreisende war.

702 // Die in der Hansestadt wohnende Ruth Geede gilt mit ihren 97 Jahren als ***älteste aktive Journalistin*** weltweit.

703 // ***Das bislang größte Schiff***, welches den Hamburger Hafen anlief, war die ***»Paradise N«*** mit einer Tragfähigkeit von 322.398 Tonnen.

704 // Die Hansestadt hat den weltweit fünftgrößten ***Hafen***. 95 Prozent des gesamten Welthandels werden heute auf dem Wasserweg abgewickelt.

705 // ***Uwe Seelers Vorfahren*** waren Seilmacher. Mittelniederdeutsch bedeutet »sel« Seil bzw. Strick.

706 // Als ***Sechslingspforte*** bezeichnete man die Alsterpforte, eine 1852 eingerichtete Zahlstelle für Wegegeld, an der ein Sechsling (Geldstück im Wert von 6 Pfennigen) entrichtet werden musste.

707 // Das ist ja zum an der Wand hochgehen! Über 22.750 Griffe gibt es für Urban-Climber im ***DAV-Kletterzentrum*** Hamburg. Plastikklettern ahoi!

708 // Bereits 1270 wurde per Gesetz die ***Flaggenführung auf Schiffen*** geregelt.

709 // Damit notankernde Schiffe den ***Elbtunnel*** nicht von oben zerstören, wurde zur Sicherheit ein ***Schutzbauwerk aus Spundwänden*** angebracht, sodass entsprechende Anker darüber gleiten können.

710 // »Schlafen kannste, wenn du tot bist.« Mit diesem aufmunternden Slogan wirbt die Kaffeemischung ***»St. Pauli Deathpresso«***.

711 // STÖRTEBEKER BEDEUTET »STÜRZT DEN BECHER« – WEIL DER MECKLENBURGER SEERÄUBER ANGEBLICH MIT KRÄFTIGEN ZÜGEN STIEFELHOHE BECHER VOLLER MET IN WINDESEILE LEEREN KONNTE.

HARTMUT RONGE ist Freiberufler im Bereich Kommunikation – Werbung und Marketing. Hamburg ist seit der Studienzeit seine große Liebe und für ihn die schönste Stadt der Welt. An der Waterkant gibt es bei jedem Besuch immer wieder Neues zu entdecken. Er ist ständig auf der Suche nach kreativen Inspirationen, entwickelt eigene Konzepte und Projekte, ist Querdenker, Ideenlieferant, Autor und engagiert sich in unterschiedlichen Vereinen. Hartmut Ronge lebt mit seiner Frau und den beiden Kindern in Stuttgart.